dear+ novel
mitsurin no kare・・・・・・・・・・・・・・・・・・・・・・・・

密林の彼

小林典雅

新書館ディアプラス文庫

密林の彼

contents

illustration : ウノハナ

密林の彼
MITSURIN NO KARE

いまは仕事に明け暮れる毎日でろくに見る暇もないが、子供の頃はかなりのドラマっ子だった。

共働きの両親が揃ってドラマ好きで、膨大《ぼうだい》なＤＶＤを借りたり買ったりしていたので、学校から帰ると端から見ながら親の帰宅を待つのが常だった。

その頃の刷り込みのせいか、青山真聡《あおやままさと》にはついやってしまいがちな変な癖がある。

よくドラマのキャラが作中でやるように、時折脳内でセルフナレーションしてしまうのである。

といっても旨《うま》い店での一人飯の実況だとか、恋のときめきなどについては実生活で縁がないのでモノローグしないが、仕事で突発事態に直面したとき、咄嗟《とっさ》に『姉さん、ピンチです』的なフレーズが浮かぶ。

ひとりっ子なので実際には姉はいないのに、昔見たドラマの影響で、焦るとつい『姉さん』と呼びかけてしまう。

でかい図体でなにやってんだと言われそうで人に知られると気恥ずかしい癖だが、意外にメンタル的な効用もある。状況を第三者的にモノローグすることで客観視でき、動揺や困惑から早く気持ちを立て直すことができる。

リアルタイムでツイッターしている暇がないので、困ったときは脳内ツイッターして最善策を考えるのが青山のやり方だった。

だがこの数日、青山はいくら『姉さん！』と連呼してもなかなか動揺がおさまらないアクシデントに立て続けに見舞われている。

最初の突発事態は成田空港から始まった。

青山はテレビ番組の制作会社『スカイハイユニオン』の新米ADで、いまはテレビジャパン系列で放送中の『世界ふしぎガッテン』の制作現場の末端《まったん》にいる。

番組はゲストタレントが『ヒストリーハンター』として世界各国の歴史にまつわる事柄をクイズ形式で出題するメイン部分と、スタッフが各国の一般家庭の暮らしぶりや街の流行《はや》り物、変わった商売や奇祭《きさい》、若者の恋愛事情や無冠《むかん》だがすごい人など、その国ならではの情報をかき集めてくるコーナーの二本柱の構成の海外情報バラエティである。

担当ディレクターを頭に各チームに分かれて毎月のように西に東に飛ぶが、タレントを起用しないコーナーのロケは低予算で、いつも人数も機材も最小限、ＬＣＣと安宿がデフォルトで、現地の取材交渉時にバックパッカーに間違われることもある。

直属の漆畑徹《うるしばたとおる》ディレクターがマニアックな企画担当で、今回は『ティオランガ共和国でジャングルの先住民に会ってきました』という回のため、カメラマンの鶴岡《つるおか》と三人のチームで二週間のロケに行くことになっていた。

ジャングルといえば南米アマゾンが定番だが、南太平洋に浮かぶ島国ティオランガにもジャングルがある。

漆畑の従妹《いとこ》が現地の先住民保護NPOで保健師として働いており、親戚のツテでロケに協力してもらえることになったので、片道三十時間かかるブラジルではなく七時間で行けるティオランガがロケ先に選ばれた。

元フランス領のティオランガ共和国は大小十二の島からなる人口二百万人の国である。タヒチなどに比べると日本での知名度は低く、観光客も在留邦人《ざいりゅうほうじん》も少ないが、首都シグリドは近代化やリゾート開発が進んでいる。

公用語はフランス語と現地語が融合したタパック語、現地通貨はルキア、観光業と液化天然ガスの資源ビジネスで経済発展の途上だが、国土の半分は未開のジャングルに覆われ、五百以上の先住民の部族がいる。

先住民の中には観光客向けの伝統舞踊のショーで現金収入を得たり、ワニの皮や仮面彫刻、貝や獣の牙《きば》を使った装身具などを売って文明化した生活に移行していく部族もいるが、いまも外部と交渉を持たず、独自の文化や言語を守り、密林の奥で昔ながらの狩猟《しゅりょう》採集生活を続けている部族もいる。

ティオランガ政府は先住民保護政策の一環で、ジャングルに職員を派遣して各部族の構成人数の把握、言語の研究と記録、支援物資の配布、ワクチン接種、教育機会の提供、悪質な外部業者の取り締まり、部族間の抗争の監視や調停など、共存や生活格差の改善のための行政支援を行っているが、広大なジャングルに点在する全部族をカバーするには人員が足りず、各国からの民間支援や、民俗学者のフィールド調査を積極的に受け入れている。

漆畑の従妹の永野瞳《ながのひとみ》は三年前からジャングル内のベースキャンプで暮らし、政府職員や多国籍のボランティアスタッフと共にマヌイリ族という部族の医療援助活動をしている。

出発前に青山が永野に連絡すると、事前に漆畑から依頼された現地の取材許可申請など諸々の準備はしたが、そちらも出発前からマラリア予防薬を服用することと、くれぐれも日本から病気を持ちこまないように健康体で来ること、と念を押された。

先住民は土地の風土病には慣れていても、外部社会からの感染症には弱く、重症化する可能性もあり、現代的な医療行為を拒否する長老もいるので、風邪程度でも引いているメンバーはジャングルに案内しないと言われた。

『規則正しい健康的な生活』の対極にいるテレビマン稼業《かぎょう》だが、ジャングルロケのために心して体調管理に努《つと》めてくださいとチームに伝えて予防薬も渡し、迎えた出発当日、

「青山、鶴岡の奥さんから連絡があって、あいつインフルエンザでダウンしたって。急だから代わりの都合もつかねえし、今回は俺とおまえの少数精鋭チームで行くぞ」

と空港で漆畑から告げられた。まだアクシデントは序の口に過ぎないとも知らず、青山は狼狽を押し隠して「……わかりました」と頷く。

このさき一人前のディレクターになるにはどんな状況にも対応できなければいけないし、限られた人数と時間と資金でクオリティを保つのがプロの仕事なんだし、と自分に言い聞かせ、

『姉さん、こうなったからには頑張ります』とナレーションして志気を高める。

　週一便出ているエア・ティオランガのシグリド直行便に搭乗して数時間後、フライト中の機内で次のアクシデントが起きた。

　ロケの打ち合わせを終えて仮眠を取ろうとしたとき、急に漆畑が腹痛に苦しみ出した。

　ついさっきまで、

「マヌイリ族の男性は鼻に獣の骨を縦《たて》に二本、下唇に横に一本通してて、挨拶《あいさつ》の仕草が顎《あご》をくっつけて擦り合うっていうものだから、挨拶するときは骨が顔に刺さらないようになるべく顎をしゃくれってさ。……できたら一家族くらい日本に来れねえかな。おまえは大抵の国の老若男女に好かれる爽《さわ》やかイケメンだし、部族の若者と友達になって、日本に来てみないかって誘ってみろ。ベタだけど、いろんなものや街を見せて『うわ、なにこれ！』みたいな新鮮なリアクション撮りたいし」

　などと話していた漆畑が、一転して顔を歪《ゆが》ませ、腹に手を当てて前傾姿勢《ぜんけい》になっている。

　焦って具合を尋ねると、

「……ヤバい、超痛《いて》ぇ……。実は、出発前からちょっとシクシクしてて……鶴岡も欠けちまったし、気合で無視してたんだけど、遺書を認《したた》めたいくらい痛んできた……」

「……え。遺書？　そ、そんなに……？」

　ふざけた言い回しはいつものことだったが、表情が本気の苦痛を物語っており、とても持参薬でどうにかなるものではなさそうだった。

青山は「ちょっと待っててください」と席を立ち、エア・ティオランガのＣＡに、

『すみません、同行者が腹痛を起こしていて、この便にドクターが乗っていないか機内放送していただけませんか？』

と英語で頼む。

内心激しく動揺しつつ、『姉さん、漆畑Ｄが想定外のピンチです』とナレーションして、いまここでできる処置はなにか必死に考える。

ドラマのように都合よく医師は搭乗していなかったが、空港に着いたらすぐに救急車で病院に向かえるよう手配してくれたので、到着ゲートに迎えに来てくれていた永野を探し、挨拶もそこそこに救急車に同乗してもらった。

救急病院で診てくれたティオランガ人医師は、漆畑は腹膜炎《ふくまくえん》で穿孔《せんこう》を起こしており、緊急手術を要すると診断した。

『姉さん、この昭和中期設定のドラマに出てきそうなレトロ感満載の病院で外科手術を受けて大丈夫でしょうか？』と不安になったが、漆畑本人が「なんでもいいから早く楽にしてくれって先生に言ってくれ」と訴え、永野が同意書にサインをし、手術室に見送った。

手術の間、永野に改めて自己紹介し、

「直接お会いするのは初めてなのに、空港からご挨拶もせずに失礼しました。今更ですが、

『スカイハイユニオン』の青山真聡です」

漆畑ディレクターにはいつも大変お世話になっておりまして、とリュックから名刺を取り出して渡す。

すっぴんで日に焼けたボーイッシュなアラサー女子の永野は名刺を受け取って苦笑した。

「いつもはそうかもしれないけど、いまは青山君のほうがお釣りがくるほどお世話してるわね。けど、こんなことになっちゃって、予定どおりロケってできるの？　徹ちゃんはしばらく入院しなきゃいけないけど」

「……ですよね……」

永野の指摘に青山は悄然《しょうぜん》と頷く。

日本の担当プロデューサーの水原《みずはら》に衛星電話で状況を報告すると、今回はジャングルロケは中止し、漆畑の退院を待って帰国せよとのことで、それまで青山は入院中の世話と並行してシグリドの名物料理や地元の人気スポットなどを取材して素材映像を撮ってくるように、という指示を受けた。

シグリド市街の取材なら、なんとか自分ひとりでもこなせるだろうし、また漆畑と鶴岡の体調が万全になってから、ジャングルロケに再チャレンジするのが妥当《だとう》だと青山も思う。

手術は無事成功して一般病棟へ移され、麻酔から醒《さ》めた漆畑に水原Pからの指示を伝え、安心して入院してください、と励《はげ》ますと、漆畑は酸素マスクをもぎとって喚《わめ》いた。

「何言ってんだ、ダメだ、中止なんて。俺たちはジャングルの部族撮りに来たんだぞ！　シグリドの人気レストランや綺麗なビーチなんて、そんなの『旅サプリ』でやればいい。『ふしぎガッテン』は絶対ジャングルじゃなきゃダメだ。面白くてワクワクして、世界のどっかにこんな人たちがいるんだって目からウロコな映像撮ってくるのが俺たちの仕事だろ⁉」

縫《ぬ》いたての傷の痛みに血の気《け》を失いながら叱咤《しった》され、青山は唇を噛んで眉を寄せる。

「……それは、もちろん一字一句同意しますけど、今回ばかりは仕方ないじゃないですか。ジャングルは逃げませんから、また態勢を整えて、次の機会にリベンジしましょうよ」

青山の説得に永野も頷いて、

「そうよ、上の人もそう言ってるんだし、また来ればいいじゃない」

と諭《さと》すと、漆畑は片手で傷を押さえ、痛みにぶるぶる震えながら半身を起こした。

「……いや、明日には退院してロケに行く。こんな傷、痛み止め飲めば我慢できるし」

フーフー肩で息をしつつ無茶を言う漆畑に青山と永野は同時に叫ぶ。

「なに言ってるんですか！　無理に決まってるじゃないですか！　死んじゃいますよ！」

「ほんとにバカじゃないの、あんた！　先生の許可が下りるまで大人しく入院してろ！」

漆畑は口をへの字に引き結び、しばし無言で点滴ボトルを睨んでいたが、やがてひと呼吸つくと、青山に視線を向けた。

「……じゃあ、どうしても俺に行くなって言うなら、おまえがひとりでジャングルロケ敢行《かんこう》してこい」

「……え?」

息を飲んで固まる青山に漆畑は続けた。

「おまえひとりじゃ心配だけど、いい機会だから全部自分で仕切ってみろ。せっかくここまで来て、ジャングル抜きの映像だけで帰るなんて、手ぶらと一緒だろ。おまえは元気に動けるんだから、次の機会なんて悠長なこと言わせねえ。BBCのネイチャードキュメンタリーばりの芸術映像なんか求めてない。おまえが見たまま感じたまま、これをみんなにも見せたいと思ったものを撮ってこい」

元々『これを撮る』と決めたら妥協しない上司なので、こう言い出したら『俺ひとりでまともな素材映像が撮れるか自信ありません』などという弱音は通らない気がする。

でも水原Pの指示を無視していいのか、遠くのプロデューサーと近くのディレクターのどちらに従うべきか惑って即答できずにいると、漆畑は今度は永野のほうに目をやった。

「頼む。こいつをジャングルに連れてってくれ。『最後の秘境』『神々と精霊の宿る島』まで来て、俺が足引っ張ったせいで、一番この国らしい映像撮れないなんて、悔しいんだよ」

身体にメスを入れられても、諦めずにクオリティにこだわる漆畑のテレビ屋魂《だましい》に当てられ、駆け出しの自分でも今やれるだけのことをやってみよう、と青山の心が決まる。

永野は漆畑の訴えに困り顔で視線を揺らす。

「……でも、私たちのベースキャンプのあるコマラワって、ここから車で二時間かかるの。青山くんのフォローして、徹ちゃんの様子見にこっちに戻ってきて、何度も行ったり来たりするの、結構大変なんだよね。日本の高速道路みたいにいい道ばっかじゃないし……」

こんな事態にならなければ、二ヵ所に分かれるような負担をかけるはずではなかった。

自分も漆畑の世話に四時間かけてコマラワとシグリドを往復する気はあるが、やっぱり水原Pの指示どおりにすべきなんだろうか、と葛藤《かっとう》していると、漆畑があっさり言った。

「子供じゃないんだし、俺のことはほっといていいから青山のフォローだけ頼む。今日明日は無理でも、近い内に俺も合流するし」

まだ自主的に早期退院する気でいる漆畑に永野は目を吊り上げて叱りつけた。

「だから、それが心配だっつってんの！　頼むから、普通に入院して最短で治してよ。無茶して悪化したら、もっと入院が長引いちゃうのよ？　それに、そんな身体でジャングルに来られても本気で足手まといだから。ワニも蛇《へび》も野イノシシもいるし……って、これだけ言っても、きっと誰も見張ってなけりゃ絶対脱走する気でいるわね、その顔つき」

永野はキィッと喚き、青山に目を向けた。

「ねえ青山くん、ロケの手伝い、私じゃなくて、ベースの仲間にお願いするのでもいいかな。そしたら、私がここに残って馬鹿従兄《いとこ》の脱走を阻止できるんだけど」

確かに永野が漆畑に付き添ってくれれば安心だと同意しかけたとき、永野が付け足した。

「青山くん、スペイン語話せる？　いまベースにいるのがティオランガ人の小学校教師と、スペイン人のナースなの。母国語とタパック語は話せるんだけど、英語が話せなくて」

「え……」

いきなり高度な語学力を求められ、青山は狼狽しながら首を振る。

「すいません、英語以外は挨拶くらいしか」

音声通訳機能付きの電子辞書は持っているが、マヌイリ族の言葉を通訳してもらうのに電子辞書経由で細かいニュアンスが伝わるだろうか、と不安になる。

永野は「そっか……」と唇を噛む。

「私もかなり適当な文法で話してるんだけど、挨拶程度じゃ疎通《そつう》は厳しいわね……」

どうしたらいいかな……、と眉を寄せて考えこんでいた永野が、「あ」とふとなにかに思い当たったような顔で動きを止めた。

「ね、コマラワからもっとジャングルの奥地にダヌワ族っていう部族の集落があって、月ケ瀬《つきがせ》漣《れん》さんって日本人の研究者がフィールドワークしてるの。彼にロケの協力を頼んでみるのはどうかな」

「え、日本の方が？」

事前のリサーチでは、この国の在留邦人は百人足らずで、主に液化ガス関連のビジネスマンだと資料で見たが、先住民に詳しい日本人がほかにもいたとはリサーチ不足だった。

永野の言葉に漆畑がパッと顔を輝かせる。

「マジか。そんなお誂《あつら》えむきの人材が近くにいるなんて、やっぱりロケを諦めるなっていうお告げだな。その月ヶ瀬さんってどんな人なんだ？　頼めばＯＫしてくれそうか？　ダヌワ族ってどんな部族なんだ？」

永野は軽く首を傾げながら言った。

「それが、私たちも会ったことない部族なの。近くって言ってもコマラワから小型機で一時間かかるし。月ヶ瀬さんは東京の国立民俗学博物センターの研究員で、一年半前からダヌワ族の村に住んでるの。たまに買い出しに街まで出てくるときに会うくらいだけど、物静かで感じのいい人よ。去年まではアメリカ人の言語学者の一家も一緒だったんだけど、息子さんが中学生になるのを機に一旦本国に帰ったの。いまは月ヶ瀬さんひとりだから、安全確認のために毎日コマラワに短波《たんぱ》無線で連絡してもらってるの。携帯も圏外の奥地だから、もし三日以上連絡が途絶えたら、生存確認しに捜索隊のヘリを飛ばすことになってるの」

「……え」

生存確認が必要な場所とは、もしかして首狩り族とか食人族みたいな凶暴な部族だったりするんだろうか、と青山は引きつる。

だが漆畑は興奮気味に言葉を継ぐ。

「すげえ、本格的だな。まんまインディ・ジョーンズっぽいな。くそぅ、身体がこんなじゃなきゃ俺が行きたい。その人が一年半も無事に研究続けてるってことは、そんなに差し迫《せま》った危険な場所じゃないんだろうし、是非その月ヶ瀬さんにうまいこと頼んでくれよ、瞳。もちろん謝礼は払うし、なるべく調査の邪魔はしないから。な、青山」

「……え。あ、はい」

同意以外の返答は許されない空気に押され、反射的に頷いてしまう。

冷静に考えれば、今時どんな奥地の部族もTシャツや短パン着用で文明化の波は波及《はきゅう》しているると聞くし、大昔ならともかく首狩りの風習なんてもう残ってないだろうし、アメリカ人一家も問題なく暮らしてたんだから、きっと部族を怒らせるようなことさえしなければ大丈夫なはずだ、と自らに言い聞かせる。

とにかく自分が行かないことには漆畑自身が乗り込むと言いかねないし、なにがなんでもやるしかない。

永野がコマラワの仲間に連絡し、月ヶ瀬に無線で事情を伝えてもらい、しばしのタイムラグののち、月ヶ瀬からの了承の返事が伝言ゲームのようにシグリドまで返ってきた。

翌朝、「必ず頑張ってきますから、脱走しないで療養に専念してください」と漆畑と約束し、青山は面識のない日本人研究者を頼りに、予備知識ゼロのぶっつけ本番のジャングルロケに単身向かったのだった。

＊＊＊＊＊

「うおっ……。いまジャングル上空を飛んでいますが、結構揺れます。ちょっと酔ってきてしまいました……」

青山《あおやま》は四人乗りの小型プロペラ機の窓からハンディカメラを地表に向け、吐き気を堪《こら》えながらリポートする。

先住民ならジャングルの道なき道を徒歩でなんなく進むが、道路を作るのが困難な奥地へ外部から到達するには、エアタクシーと呼ばれる小型機やヘリによる空路か、エンジンつきカヌーやモーターボートでワニの棲息《せいそく》する河を遡上《そじょう》するしかない。

脚力の退化した文明社会からの訪問者のために、ジャングルには小型機が離着陸できる分だけ木を切り倒した小さな飛行場が多数点在する。

乗客が青山ひとりの古い小型機は風に煽《あお》られて左に右に大きく傾《かし》ぎ、そのたび翼がギシギシと不吉な音を立てて軋《きし》む。

墜落の恐怖と吐き気を紛《まぎ》らわせるため、青山は眼下に拡《ひろ》がるジャングルを撮り続ける。

手を伸ばせば触れそう、というとオーバーだが、かなりの低空飛行の機体の真下に濃緑の密林が果てなく続く。

もこもこと地表に蠢《うごめ》く生き物めいた緑の森を裂《さ》くようにミルクコーヒー色の大河や支流が曲がりくねりながら流れる。

幅の広い本流の水面や、ところどころに見える湖沼《こしょう》の表面に空や雲が鏡のように映る。

吐き気に青ざめつつも、初めて見るジャングルの圧倒的なパワーと美しさに「うわぁ……」と感嘆の声を漏らさずにはいられない。

感動と吐き気と墜落のスリルが波状《はじょう》に襲う一時間のフライトののち、斜めに旋回《せんかい》しながら小型機は降下する。危うく床にリバースしかけたとき、そこだけぽっかり拓《ひら》けた草地にボウンとバウンドして小型機は着陸した。

よくぞ機体が空中分解する前に地上に降ろしてくれた、とパイロットへの感謝の念でいっぱいで、荷物を降ろしたあと、タパック語で「ありがとうございます」の意の「メルシア・ボッカ」を繰り返して謝意を伝える。

おそらく「礼には及ばねえぜ。じゃ、これで」という感じのタパック語を告げて再び飛び立っていくパイロットを両手をぶんぶん振って見送る。

プロペラの旋回音が遠ざかり、「ふう」と息をついてミネラルウォーターを飲むと、飛行機酔いの気分不快がやや和《やわ》らいだ。

草むらの飛行場の周りは野趣《やしゅ》あふれる手つかずの密林が奥まで続いている。

まるで天上に住む創造主の子供が加減せずに大量の光と水を与えて作った野放図な花壇のようで、本物のジャングルのど真ん中に来たんだという感慨が込み上げてくる。

遠慮会釈《えしゃく》なく生い茂る三十メートルをゆうに越えそうな熱帯樹の巨木や絡まる蔓《つる》植物を感心しながらしばらく眺め、青々とした飛行場に目を戻し、青山はふとあたりに人の気配がまったくないことに気づいた。

「……あれ……?」

エアタクシーに乗る前に、無線で月ヶ瀬に「これからそちらへ向かうので、よろしくお願いします」と挨拶してから出発したので、てっきり迎えに来てくれているのではないかと勝手に思っていたが、周囲にそれらしき人影はない。

内心首を捻《ひね》りながらその場に立っていると、真上から太陽がもろに照りつけ、下からも草むらの蒸れた熱気が立ちのぼり、すぐに全身から汗が噴きだしてくる。

キャップを取って額《ひたい》の汗を拭《ふ》いてから被《かぶ》り直し、ジャングル滞在用の荷物がぎゅう詰めのリュックと、部族民への土産の品や機材類を入れたサブバッグを担《かつ》いで日陰に移動する。

しんと静まり返る木陰で『姉さん、どういうわけか誰もいません』とナレーションして状況を検討してみる。

もしかして、ここはダヌワ族の村から近い飛行場といっても、「近い」の意味が「歩いて一時間」とかいうレベルなんだろうか。

それとも、月ヶ瀬氏は俺に自力でダヌワ族の村まで来いとかスパルタなことを考えているとか……、いや、でも、こっちは土地勘もないド素人《しろうと》とわかっているはずだし、まさかそんな無茶なことは思ってないだろう。

もしかして、パイロットが下ろす場所を間違えたという可能性は……上から見ても延々似たような光景が続いてたし、河も氾濫《はんらん》すれば形や流れを変えるだろうし、地図が古かったとか……。いや、プロのパイロットがそんなミスをするはずない。

じゃあ、永野さんがパイロットに行き先を伝えてくれたときに、適当な文法でしゃべってるって言ってたから、『ダヌワ族の村に行ってほしい』と言ってるつもりが『ワ族の村に行ってほしいんだぬ』とかに聞こえて別の場所に下ろされたとか……、などと変な想像をしてしまう。

いやいや、姉さん、もうすぐ来てくれますよね、とモノローグしても一向に月ヶ瀬らしき人物は現れず、若干《じゃっかん》心細くなってくる。

「おーい」と呼んでみようかと思ったが、大声を出すと寄って来てほしくない首狩り族に見つかったり、怖い野生動物を徒《いたずら》に刺激してしまうかもしれず、小声で「月ヶ瀬さーん……」と気休めに呼ぶに留める。

自力で集落を探そうにも、飛行場を取り囲む密林は文字通り木々が密生しており、集落へ続く道の入口がどこか見分けがつかない。

グーグルアースも使えない場所に案内もなく足を踏み入れれば遭難は免《まぬが》れない。まるで本物のジュラシック・パークにひとりで置き去りにされたような孤独で不安な気持ちになりつつ、もう一度水を飲んで気を落ち着けて腕時計を見てみる。

つい日本の感覚で「遅いのでは」と感じてしまったが、まだエアタクシーを降りて十分しか経《た》っていないし、ここではティオランガタイムもしくはジャングルタイムで考えるべきなのかもしれない。

昨夜ジャングルロケの続行を報告するメールを日本の水原Pに送信したとき、ネットが繋がるのに五分以上かかったし、ここは三分の電車の遅れを車掌《しゃしょう》が詫《わ》びるような日本とは違うんだから、ゆったり構えて待っていれば、一時間後くらいには来てくれるに違いない。

向こうにしてみたら、昨日突然頼まれた余計な仕事で、元々今日やるべき予定があったのだろうし、それを済ませてから来ようと思っているのかも。多少待たされても来てくれるだけでありがたいと思わなくては。学者や研究者は往々にしてマイペースなものだし。

そう考えたらやや平常心を取り戻せ、とりあえず日本ではお目にかかれない草飛行場の映像でも撮ろう、とカメラを手に取る。

「この野原はダヌワ族の集落のそばの飛行場です。……のはずなんですが、ちょっとまだ確信が持てないので、もうすこし待ってみようと思います。現在午前十一時五十分で、日なたの気温は三十九度、湿度は八十％です」

持参のデジタル温度計を映してから、ゆっくり回転しながら周囲の景色を撮っていると、小型機の機内から急に温度湿度の高い場所に来たせいか、レンズの縁《ふち》が曇《くも》ってくる。クロスで拭いてから、もう一度カメラを構えたとき、正面の樹間《じゅかん》にさっきまでなかったものが見えた。

熱射の日なたとのコントラストで濃く翳《かげ》る森の端に、ふたつの小さな白い球体が宙に浮いているように見え、じっと目を凝《こ》らすと、すぐにそれが頭から爪先《つまさき》まで全身褐色《かっしょく》の人間の男性の白目の部分だとわかった。

「……っ」

思わず息を飲み、慌ててカメラを下ろす。

先住民との初遭遇に、興奮と畏怖《いふ》でぶるっと産毛が逆立《さかだ》ち、心臓が倍の早さで脈打ち始める。

森に溶け込むように立っていた相手はひとりではなく、背後から三人の男たちも姿を現した。

計四人の部族民のほかに日本人の姿はなく、未知の部族とたったひとりで対峙《たいじ》しなければならない事態に指先が震えてくる。

どう行動するのがベストなのか混乱して判断できず、目を逸《そ》らさずにいるのが精一杯だった。

こちらに向かって歩いてくる男たちは縮《ちぢ》れた短髪に鳥の羽根で作った冠《かんむり》のようなものを被り、黒光りする身体を隠すものは腰に下げた動物の骨を紐《ひも》状に繋いだ小さな暖簾《のれん》のようなものだけで、全員弓矢を背負い、片手に鎌を握っていた。

金属ではないが一撃で首を狩れそうな鋭い木製の武器を目《ま》の当たりにし、ギョッと肝も局所も縮みあがる。

本物の首狩り族かとガクガク震えつつ、なんとか否定したい一心で、『姉さん、たしかに武器を持っていますが、表情は闖入者《ちんにゅうしゃ》を問答無用で血祭《ちまつり》に上げそうな殺気は浮かべてない気がします』と懸命に実況してパニックになるのを堪える。

もしかしたら殺されるかも、という恐怖の瀬戸際にいながらも、テレビマンの性《さが》で強い撮影衝動に駆られる。

でも彼らがダヌワ族なのか他の部族なのかもわからず、習慣も考え方も知らないのに、信頼関係も仲介もなくいきなり撮影することは非礼だし、危険すぎる。

とうとうすぐそばまで来た四人は一メートルほど手前で横一列に並んで足を止めた。

青山は額も脇も背中もびっしょり汗で濡らし、ごくりと唾《つば》を飲む。

『姉さん、逃げるべきか、ハグして敵じゃないと示すべきか、身ぐるみ差し出すか、どれが正しい選択でしょうか』と必死にモノローグするが、焦りすぎて身体が動かない。

四人はみな引き締まった精悍《せいかん》な体つきで、どうやらまだ十代の若者のようだった。

目鼻立ちのくっきりした大きな瞳にそれぞれ『何者なんだろ、このよそ者は』と敵意より好奇心を浮かべているように見える。

青山はもう一度唾を飲み込み、敵ではないと部族男子に全力で伝えることにした。

「こんにちは、ブンジュー、コマンタレボイ」

知っているタパック語の挨拶をすべて並べてガバッと深くお辞儀《じぎ》する。

首を狩る隙を与えないように速攻で顔を上げ、満面の笑顔を作る。

「初めまして、青山真聡《まさと》と言います。月ヶ瀬さんという方を待っているだけで、みなさんに害をなす気は毛頭《もうとう》ありません。侵入者でも略奪者でもなく、ただの無害なテレビマンです。なので、どうか穏便に、その鎌や弓矢は未使用のまま、友好的に接していただけますと幸いです。勉強不足でみなさんの言葉が話せないんですが、滲《にじ》み出《で》る平和を愛する心や丸腰の姿から、敵認定しないでいただけますと非常に嬉しいです」

と必死にまくしたてる。

内心ダラダラ冷や汗を流しながらニッコリすると、四人は「なに言ってんだろ」「よくわかんない」という表情と語調で会話を交わし、黒い羽の飾りを被った若者が一歩前に出た。

身長は自分のほうが高いが、明らかに膂力《りょりょく》に差がありそうな相手に間合いを詰められ、青山は後ずさりそうになるのを必死で堪える。

ど、どうする、握手かハグか、マヌイリ族の挨拶みたいに顎《あご》をしゃくってくっつけてみるとか、とにかくなんとか友好の意を伝えなくては、と焦っていると、相手が「タガイー」と言いながら鎌を持っていないほうの手で青山の股間を摑んだ。

「ギャ、…ひょえっ⁉」

急所を鎌でちょん切られるのかと絶叫しかけた瞬間、もみっと思いのほかソフトに揉《も》まれ、驚きのあまり素《す》っ頓狂《とんきょう》な裏声が出てしまう。

「ヒョエ？」

相手は睫毛《まつげ》がくるりとカールしたぱっちりした目におかしそうな色を浮かべて口真似し、青山の股間をひとしきり揉んで手を離した。

「……あ、あの……」

どういう意味のボディランゲージなのか皆目見当もつかず、『姉さん、何故《なぜ》股間を……!?』と驚愕で思考もままならないうちに、残りの三人からも次々「タガイー」と股間を触られる。

「……っ!?」

なんで!?　と叫びたいのに声も出ず、やめてほしくても弓矢と鎌が気になって抵抗もできず、青山は裸族からの意味不明の痴漢《ちかん》行為をされるがまま耐える。

よそ者の急所を握りつぶして威嚇《いかく》しようという意図には思えない愛撫のような触れ方に、『姉さん、これは一体……!?』「タガイー」って「気持ちいい？」っていう意味なんでしょうか……!?』と完全にパニックに陥《おちい》って硬直していると、

「おい、ボケッとしてねえで、さっさと同じように触り返せよ。それが敵意がないことを示すダヌワ族の初対面の挨拶なんだから」

と手厳しく叱りつける日本語の声が聞こえた。

えっ、と驚いて声のしたほうを見ると、いつのまにか四人の背後に若い日本人男性が立っていた。

「……あ……」

相手と目が合ったとき、最初に感じたのは強い違和感と意外性だった。

思わず『姉さん、なんだか背景にまったくマッチしない、すごく綺麗な人がいます』とナレーションしてしまう。

最前のつっけんどんな物言いがこの顔から出たとはとても思えない美しい面立《おもだ》ちで、細身の身体にジーンズと白い長袖《ながそで》シャツを纏《まと》っている。

ちょっとそこのコンビニにコーヒー買いに行ってくる、と小銭《こぜに》だけ持って出てきたようなジャングル感ゼロの装《よそお》いで、熱暑と冷や汗で汗びっしょりの青山と対照的に、まるで相手の周りだけ爽《さわ》やかな高原の風が吹いているかのように涼しげに見えた。

素《そ》っ気《け》ない表情と眼差しの美貌《びぼう》の相手が本当に待ち人なのかどうか、しばし判断に迷う。

永野《ながの》から『一年半ジャングルの奥地に籠《こも》り、先住民に交じってフィールドワークに勤《いそ》しむ研究者』と聞いて、漆畑《うるしばた》はインディ・ジョーンズをイメージしたが、青山は野イノシシと素手で格闘しても負けないようなワイルドな巨漢か、髪も髭《ひげ》もぼうぼうに伸び放題の磔《はりつけ》前のイエス・キリスト的な学究《がっきゅう》の徒《と》を思い浮かべた。その中のどのイメージともかぶらない相手に青山は念のため訊いてみた。

「あの、すいません、失礼ですが、月ヶ瀬漣《つきがせれん》さん、ですか？」

相手はにこりともせずに即答した。

「馬鹿な質問すんじゃねえ。こんな奥地にほかに何人も日本人がいるわけねえだろ」

「……あ、そうですよね、たしかに」

言われてみれば、とつい納得して同意してしまう。

……じゃあこの人が……、でも永野さんの話では『物静かで感じのいい人』って言ってたのに……、と前情報と食い違う刺々《とげとげ》しさに戸惑っていると、相手はさらに『攻撃的で感じ悪い』態度で断じた。

「ったく、面倒くせえったらありゃしねえ。ロケのフォローなんて大迷惑なこと、軽く頼んできやがって。『テレビ』って言やあ、誰でもホイホイ喜んで協力するとかナメくさったこと考えてんじゃねえぞ、若造が。しかもNHKの真面目なドキュメンタリーならまだしも、民放のイロモノ系らしいし。わざわざ日本くんだりから来て困ってるっていうから、永野さんの顔を立てて渋々OKしたけどな、一から説明しなきゃなんねえズブの素人にうろちょろされても邪魔なだけなんだよ」

「……」

あまりにも率直に胸中《きょうちゅう》を吐露《とろ》しすぎの発言に啞然として、『姉さん、この研究者はあまり大人げがありません』とモノローグしてしまう。

でもたしかに相手の主張ももっともで、前々から依頼されていたならともかく、突然二週間もフィールドに入り込んでカメラを回す部外者の手伝いをするなど、微々《びび》たる謝礼くらいでは合わない迷惑と負担だろうと思う。

でも普通なら思っても言わないような、NHKのドキュメンタリーじゃないことにもいちゃもんをつけられ、数歳しか違わなさそうなのに若造呼ばわりもされ、歓迎されていないのはよくわかったが、「お邪魔しました」ととんぼ帰りするわけにもいかない。

先住民より、この美しい容姿とギャップがありすぎるやさぐれた口調の日本人と疎通《そつう》を図《はか》るほうが困難に思えたが、なんとか相手の曲がった臍《へそ》を直してもらわないことにはロケが立ち行かない。青山は月ヶ瀬に向かって潔《いさぎよ》く腰を九十度に折った。

「月ヶ瀬さん、おっしゃることはごもっともで、こちらの勝手な都合でご面倒をおかけして、本当に申し訳なく思っています。お仕事の邪魔をしたくないのは山々ですが、こちらもこれが仕事で、どうしてもあなたのご助力が必要なんです。勝手な言い分は重々承知していますが、どうか二週間だけ、お知恵とお力をお貸しいただけないでしょうか」

人に頭を下げることの多いAD人生の中でも、もっとも誠心誠意を込めて懇願《こんがん》する。

相手の指摘どおり、これまで「テレビの取材」だと言えば、黄門《こうもん》様の印籠《いんろう》のように融通《ゆうずう》をきかせてもらえることも多かったし、経験上、多少偏屈《へんくつ》な学者や研究者でも基本的には教えたがりなところがあるので、今回も謙虚《けんきょ》に教えを乞《こ》えば、快《こころよ》く全面協力とまではいかなくても、ある程度協力してもらえるのではないかと思っていた。

まさかここまで来て露骨《ろこつ》に険悪な態度を取られるとは思っていなかったが、ほかに頼れる人もなく、どんな暴言を浴びようとも相手に食らいつかなければならない。

青山は大きな上背を深々折ったまま、相手に「わかったよ」と言ってもらえるまで頭を上げないつもりで待っていると、頭上でダヌワ族の若者たちが口々になにか言っており、月ヶ瀬がどこか弁解口調で返事をしているのが聞こえる。

なにを言っているのかわからないが、なんとなくダヌワ族の若者たちが「こんなに頼んでるんだから聞いてあげなよ」と後押ししてくれているように感じられ、もうひと押し土下座して頼めば根負けしてくれるかも、と膝を折ろうとしたとき、「やめろ、このバカ」となぜか優しい口調で止められた。

「え？」

内容と言い方の相違に目を瞬《しばた》いて顔を上げると、月ヶ瀬が突然にこやかな笑みを張りつけ、穏やかな語調で続けた。

「まったくアホだな、おまえ。ダヌワ族の前で俺に土下座なんかすんな。ダヌワ族は穏和で争いを好まない部族だから、口喧嘩とか険悪な空気に敏感なんだよ。俺たちが仲悪いのかって心配してるから、さっさと頭上げて、早く俺に笑いかけて仲いいフリしろ。大体、大迷惑で邪魔で面倒くせえとは言ったけど、協力しねえとは言ってねえだろ。早合点《はやがてん》すんな、このボケ」

「……」

まるで「笑いながら怒る人」の芸を見ているような見事な言行不一致《げんこうふいっち》ぶりに呆気《あっけ》に取られる。日本語がわからない人から見たら、月ヶ瀬は微笑みながら楽しい話をしているとしか思えない口調で青山を罵倒《ばとう》する。

でも喧嘩に間違えられたのは最初にあなたが仏頂面《ぶっちょうづら》でけんもほろろな態度を取ったせいでは、と指摘したかったが、相手の意外な話芸がおかしくて、つい笑いが込み上げてくる。

こんなに本音と建て前を使い分けない相手も珍しいので最初は仰天《ぎょうてん》したが、歯に衣《きぬ》着せぬ物言いは「裏表のない人」と言い換えられるかもしれないし、もしかしたら、この人は根はそんなに悪い人ではないのかもしれない、という気がしてきた。

本気で無慈悲で冷たい性格破綻《はたん》者なら、いくら知り合いの永野の頼みでも最初から即答で断るだろうし、言葉も文化も違う先住民に受け入れられて一年半も共に暮らすには、顔だけよくてもダメで、中身の人間性もよくなければ信頼関係を築いたりできない気がする。

迷惑だときっぱり言いつつ、知らんぷりしてジャングルで朽《く》ち果てるまで放置したりせず迎えに来てくれたし、自分にはまだその片鱗《へんりん》も見えないが、永野の言う『いい人』の面も持っているのかもしれない。

「若造」の次は「おまえ」呼ばわりで、「ボケ」とか「アホ」とかさんざん言われたが、とりあえず「協力しないとは言っていない」という言質《げんち》は取れたので、青山はニコッと月ヶ瀬に笑みかけた。

「ありがとうございます。それを伺ってホッとしました。ダヌワ族のことを下調べする時間がなくて、本当に一から教えていただかないとなにもわからないんですが、なるべく早くいろいろ覚えて、ロケに際して失礼のないように努力しますので、何卒《なにとぞ》ご指導ご鞭撻《べんたつ》のほど、よろしくお願いいたします」

誠意が伝わるように告げて頭を下げると、月ヶ瀬は目が笑っていないフェイクスマイルでコクリと頷く。

「……来いなんて誰も頼んでねえけど、勝手に来ちまったから、一応二週間だけは面倒見てやる。しょうがねえから」

「……ありがとうございます」

最初の破壊力がすごかったので、いまの返事は結構いい感じの部類だ、と思えてしまう。

この言い草でマシと感じてしまった自分がおかしくてクスッと笑うと、月ヶ瀬は無言で数秒視線を止め、ぷいと逸《そ》らしてダヌワ族の若者たちになにか話しはじめた。

そちらには作り物ではなさそうな穏やかな表情を向け、青山のことを手で示しながらあれこれ説明している。

テレビの取材に来たと伝えてくれてるのかな、彼らに『テレビ』とか『ロケ』ってどうやって説明するのかな、と思いながら見ていると、月ヶ瀬はまた青山のほうを向いた。

「一回しか教えないから一発で覚えろよ。黒い羽の子がトゥクトゥム。彼は英語がわかるから、俺の助手をしてもらってる。紅い羽の子がウィト、黄色の子がディーレ、水色がレトゥ」

覚えづらい響きを脳内再生しながら、黒がトゥクトゥムで赤が、とメモを取っていると、

「おまえ、さっきこの子たちに初対面の挨拶してねえから、いまやんな。そのあとうちに案内するから」

と当然のことのように言われた。

「……え」

初対面の挨拶って……と記憶を振り返り、衝撃的すぎて脳内からまるっと抜け落ちていた挨拶方法が蘇《よみがえ》る。

本当にあれが痴漢行為ではなく正式な挨拶なのか、ダヌワ族についての研究論文を検索して確かめたいが、ここはネットが繋がらない。

でも月ヶ瀬がこんな下ネタチックな冗談を言うとも思えないし、実際さっき四人にされたし、信じがたいけれども、あれが本当にダヌワ族の礼儀に適《かな》った挨拶なのかもしれない。

こうなったら仕方ない、郷《ごう》に入れば郷に従わなくては、と意を決して青山はトゥクトゥムの前に立つ。

中が見えそうで見えない白い骨製のミニ暖簾に目をやり、青山は月ヶ瀬に小声で問う。

「あの、すいません、このぴらぴら下がってるものはどうすれば……この上から握っていいん

でしょうか？」

よく海岸で見かける死んだサンゴのような白く細い骨に穴をあけて糸で繋いだ紐状のものが腰紐から並んで下がっており、彼らが動くとカチカチコツコツ音を立てて揺れる。

自分はボトムの上から触られたので、骨ごと掴んでいいのか確かめると、月ヶ瀬はイラッと眉を寄せた。

「骨ごと掴んだら堅いのが擦れて痛《いて》えだろうが。想像すりゃわかんだろ。それはテぺっていって、挨拶のときはシャラッと居酒屋の縄暖簾くぐるみたいに片手でめくりながら直《じか》に一物《いちもつ》を触るのが礼儀だ。ダヌワの文化では人間関係の緊張の緩和《かんわ》に肌の触れ合いを用いることが多いから、『タガイー』は『はじめまして』の挨拶だけど、ダヌワ語の直訳は『和《なご》んでくれ』っていう意味なんだ」

「……なるほど」

初めて会う相手の股間を優しく触って和ませるのが正しい挨拶の作法とは、世界の広さを改めて噛みしめる。

でも昔の日本人もこめつきバッタみたいなお辞儀が世界から見たら滑稽《こっけい》な挨拶だったんだし、あかんべーが「イエス」を意味する国もあるし、いろんな地域や部族ごとにいろんな意味のボディランゲージがあっても不思議ではない。

「……では、失礼します。タガイー」

青山は内心の狼狽を押し隠し、ダヌワ族の四人の若者のテペをかきわけ、汗ばむ一物を握り、軽く紳士的に揉んだ。

これでいいですか？　とおずおず月ヶ瀬に目で問うと、「よし」と真顔で頷かれる。

ホッと息をつき、大仕事を成し遂《と》げたような達成感と疲労感を覚える。でももしこの挨拶シーンを撮れたとしてもゴールデンで流せるんだろうか、と悩んでいると、月ヶ瀬がトゥクトゥムたちになにか言い、四人はパッと散って滑走路に伸びる草を刈り始めた。

このための鎌だったのか、さっきはてっきり首狩り族かと誤解して怯《おび》えてしまったが、善意で次に来るエアタクシーのために草刈りに来てくれたいい子たちだった、と反省する。

手分けして疲れ知らずに草を刈っていく四人を眺めていたら、

「おい、渋々だけど荷物ひとつ持ってやるから、軽いほう寄こしな」

と月ヶ瀬が青山の足元のリュックとサブバッグを見おろしながら言った。

「あ、いえ、大丈夫です。お気遣いなく。どっちもすごい重いんで、自分で持ちますから」

元々自分で運ぶ気だったたし、「渋々だけど」と強調している相手に重い物を持たせて、また機嫌を損《そこ》ねられたくなかったので速攻で辞退する。

先にリュックを背負ってからサブバッグを持とうとすると、月ヶ瀬が横からバッグに手をかけ、「……ほんとに結構重いな」と仏頂面で言いながら、そのまま肩にかけてすたすた先に歩き出す。

「あ、すいません、無理しないでください」

慌てて追いかけながら言うと、

「別に無理なんかしてねえ。おまえこそ、そんな店開けそうな大荷物担いで、へたばらずにちゃんとついてこいよ」

と勝手知ったる足取りでジャングルの中に入っていく。

月ヶ瀬は時々ちらっと振り返り、離れすぎないようにさりげなく足を止めながら言った。

「ここにいる間は、家の周り以外はひとりで歩き回るなよ。うろうろして迷われても、探すの面倒くせえし。必ず俺と一緒か、トゥクトゥムたちと行動しろ。もし勝手に出歩いてワニやボアの餌《えさ》になっても全部自己責任で、俺は関知しねえからな」

「わかりました」

たとえ「ちょっとは離れろ」と鬱陶《うっとう》しがられても絶対離れません、ひとりじゃ怖いし、と心の中で付け足す。

高い木々の葉で日が遮《さえぎ》られ、やや温度が下がった森の道を湿った落ち葉を踏みながら歩く。

「えっと、やっぱりワニとかたくさんいるんですか？」

パニック物のＢ級ホラー映画や海外ドラマのサバイバル物に出てくるワニしか見たことがないので実感も湧かずに問うと、月ヶ瀬はあっさり頷いた。

「うちのそばの川にはいねえけど、流れが緩《ゆる》やかでエサの魚が多いところには結構いる。撮影してえなら、ワニの溜まり場に連れてくから、食われねえように気をつけて撮りな。メガネカイマンは滅多《めった》に人を襲わねえから結構近づいても平気だけど、ブラックカイマンは凶暴だから、すぐ逃げなきゃヤバい。あとヒクイドリっていうダチョウの仲間も割と危険で、時速五十キロで走ってきて人を蹴《け》り殺《ころ》すキック力があるし、野イノシシも牙で突き刺すから、ドドドって走ってくる音が聞こえたら、すぐ近くの木によじ登れ。あとは毒蛇《どくへび》と毒蜘蛛《どくぐも》とサソリくらいかな、ヤバいのは。ヒョウとかピューマは棲息《せいそく》してねえから」

「……は、はぁ」

事もなげに命に関わる話をされ、『姉さん、やっぱり毎日生存確認しなきゃいけないような場所でした』と顔面蒼白《そうはく》になる。

ネコ科の大型肉食獣はいないと言われても、それ以外に危険な生物がうじゃうじゃいるので、「それなら一安心」などとまるで思えない。

事前のリサーチで心積《づも》りしてきたつもりだが、文献で読むのと、実際に暮らしている人の口から聞くのとではリアリティが違う。

一応毒蛇に噛まれたときの解毒剤《げどくざい》やマラリア予防薬、強力な防虫スプレー、ひどい虫刺され用にステロイド入り軟膏《なんこう》、抗生物質《こうせいぶっしつ》など薬はいろいろ持ってきたが、もし遭遇してしまったらちゃんと逃げおおせるだろうか、と言葉少なに月ヶ瀬の後について密林を進む。

しばらくすると水の流れる音が聞こえてきて、木々が拓けた広い場所についた。

「ここがうち。ロケの間はここで寝泊まりしな」

「え。ここ、ですか……？」

月ヶ瀬が自宅だと言った建物を見て、青山は意表を突かれて目を見開いた。

首都からここに来るまでの道のりが果てしなく遠く、完全に文明社会から隔絶《かくぜつ》された感があり、ダヌワ族もほぼ裸族で、怖い野生動物もわさわさいるような場所なので、てっきり月ヶ瀬の家も屋根があるだけマシくらいの掘《ほ》っ建《た》て小屋かと勝手に想像していたら、いい意味で裏切られた。

家族漂流譚《たん》に出てきそうなしっかりした造りのログハウスで、地面から一メートルほど高床式になっており、窓にガラスこそないが、虫除《むしよ》けネットが張られ、屋根にはソーラーパネルもついている。

「……すごい……」

目を丸くしながら玄関に続く階段を上がって中に入ると、まずキッチン兼居間になっており、四人掛けの木のテーブルと椅子、小さなガスボンベのついたコンロと調理台、蛇口《じゃぐち》のついたステンレスのシンク、無線機が置かれた机、食器棚などがあり、奥に寝室が二つ、貯蔵室、風呂場とトイレまであった。

荷物を隅に置いて中を案内してもらいながら、『姉さん、こんなジャングルの奥地に、めちゃくちゃちゃんとした家がありました』と驚きのナレーションをしてしまう。

しいてジャングルハウスらしいところを挙げれば、電化製品がライトとパソコン以外ないことと、水道の水源が雨水で、屋根に毎日降るスコールを溜めておくタンクがあり、そこから台所やシャワーやトイレに繋がって高低差で水が流れるようになっているということだった。

相手が一年半も奥地に籠っているのにさっぱりした姿で現れたことを不思議に感じていたが、やっぱり長く快適に暮らせるように住環境が文明的だったんだな、と納得しながら部屋を眺めていると、「座れば」とテーブルの椅子を顎《あご》で示された。

「あ、はい、ありがとうございます」

だいぶ相手の雑な扱いに慣れてきて、普通に勧《すす》められたような感覚で椅子に掛けると、月ヶ瀬が調理台に凭《もた》れたまま素っ気なく言った。

「なんか飲むか？　別に招いたわけじゃねえけど、一応客みたいなもんだから、聞いてやる。水かコーラか、コーヒーか紅茶か、バナナジュースかマンゴージュースかヤシジュースなら出せるけど」

「え……」

また態度と言葉の内容が一致しないおもてなしに驚いて、思わず顔を二度見してしまう。

スーパーにすぐ買いに行ける街中と違い、こんなところまでコーラやコーヒーを運んでくるにはエアタクシーかボートを使わなければならない。

『姉さん、コップに茶色い川の水を汲《く》んでそのまま出しそうな態度なのに、貴重な飲み物をメニューリストに挙げてくれるということは、やっぱりちょっとは歓迎してくれてるんでしょうか』とモノローグしていると、相手はややむっとしたようにぶっきらぼうに続けた。

「なんだよ、そのきょとん顔はよ。早く言えよ。喉渇《かわ》いてんだろ、さっき死ぬほど冷や汗かいてたし」

「あ、はい、渇いてます」

短気な口ぶりに急いで頷きながら、相手の背後の調理台に置かれているバナナやマンゴーや黄緑色の新鮮そうなヤシの実に目をやる。

表情や口調は「全然歓迎していない」とあからさまに示しているが、やっぱり遠方から来る「朋《とも》」ではないけど「同胞《どうほう》」のために心遣いしてくれてるのかな、とありがたく思えて、青山はにこっと笑ってヤシを指した。

「じゃあ、日本じゃあんまり飲めないので、ヤシジュースいただいてもいいですか?」

素直にリクエストすると、月ヶ瀬は無言で頷き、ヤシを小脇に抱えて玄関扉の脇に掛けてあった鉈《なた》を掴んで外に出た。

(え? 鉈……?)

ぽかんとして閉まる扉を目で追うと、壁を隔《へだ》ててガゴッゴツッと硬いものを鉈でかち割る音が聞こえる。もう一度ドアが開くと、上に直径十センチ大の穴が開いたヤシを持った月ヶ瀬が戻ってきた。

ぬっと目の前に差し出され、

「このまま飲むか？　コップに移したほうがよければ取ってくるけど」

「……あ、いえ、このまま、いただかせていただきます……」

相手のワイルドな開け方を目の当《ま》たりにした後で、コップで飲むなどともやしっ子なことはとても言えず、青山は両手でヤシを受け取る。

うっかり物珍しさでヤシジュースをオーダーしてしまったが、ちょっと考えればヤシの実は上から落ちてきて頭を直撃したら死ぬこともあるくらい硬くて、簡単に開けられるものではなかった。

でも、あんなにナチュラルに鉈でかち割るとは予想外だった、と狼狽しながら切り口に口をつける。

ジャングルサイズの大きなヤシの実は結構な重さで、勢いをつけて持ち上げると、どばっと中身が零《こぼ》れてTシャツの胸元まで濡れてしまう。

「わっ、すみませんっ、せっかくかち割ってくれたのに、零しちゃってもったいないことを……」

慌ててヤシを片腕で抱え、片手の甲で濡れた鼻や口元を拭《ぬぐ》いながら詫びると、月ヶ瀬は微妙に口角《こうかく》をひくつかせて立ち上がった。

「……別に、おまえがどっか抜けててどんくさい奴なのはもう知ってるし」

「え？」

月ヶ瀬はタオルとコップを持って戻ってくると、ポイとタオルを青山に抛《ほう》り、ヤシを取り上げてガラスのコップに中身を注《つ》ぎながら言った。

「さっき、エアタクシー下りたところからずっと見てたけど、一体こいつはいつ放置プレイされてることに気づくんだよっていう程しばらくボケッとしてるし、小声で俺の名前呼んだり、撮影なんか始めたり、トゥクトゥムたちに通じるわけないのに日本語で命乞いしたり、なんだこのとぼけたのんびり屋はって思ってた」

「……え」

タオルを借りて顔やTシャツを拭きながら、青山は鉈でかち割った切り口の繊維《せんい》が浮いたヤシジュース入りのコップをこちらに置いて座った相手を窺う。

「ありがとうございます。……でも、あの、どんくさいのものんびり屋なのも否定できないんですけど、さっき一部始終を見てたって、最初から迎えに来てくれてたのに、近くに隠れてたってことですか？　わざとトゥクトゥムたちだけ先に寄こして、俺が武器にビビったり、あの挨拶にパニックになるのを黙って観察してたんですか……？」

いまとなっては笑い話かもしれないが、さっきは本当に肝《きも》っ玉《たま》が縮み上がる恐怖と動揺を味わわされ、それが故意だと聞かされたら、あんまりな仕打ちでは、と恨みがましい気持ちになってしまう。

月ヶ瀬は悪びれずに肩を竦めた。

「仕方ねえだろ。こっちだって、急に見ず知らずの他人の世話押し付けられて、家に泊めてやらなきゃいけなくなったんだから、どんな奴か様子見る権利くらいあるだろ。俺は元々テレビのロケなんか、ほんとは来てほしくねえし、トゥクトゥムたちにビビってギャーギャー騒ぐようなヘタレだったら、家には入れずに裏庭に野宿させようと思って、軽く人物鑑定しただけじゃねえか」

そうだとしても、もっと穏当《おんとう》な方法で人物鑑定してほしかった、と言いたかったが、とりあえず家の敷居をまたがせてもやぶさかではないと判定されたんだとプラスに考えることにする。

このヤシジュースだってわざわざコップに注いでくれたし、タオルも貸してくれたし、悪い人ではないんだ、きっと、と唱《とな》えてもう一口飲み、青山は話題を変えた。

「えっと、すごく立派なお宅ですね。ご自分で建てられたんですか？」

華奢《きゃしゃ》な体つきだけど、鉈をナチュラルに使うくらいだし、斧《おの》を振るう姿も想像できなくもない、と思いながら訊ねると、月ヶ瀬は即答した。

「できるわけねえだろ、そんな難しいこと。俺の専門は文化人類学で、大工の技術なんかねえ。ここは一緒に仕事してたエッカート博士が建てた家で、一家でボストンから移住してたんだけど、息子が二歳から十年ジャングルしか知らずに育ってるから、中学はアメリカで通わせることになって、いまボストンに帰ってるんだ。また戻ってくるときまで家が傷《いた》まないように住んでてくれって頼まれて、間借りしてるだけ」

「へえ、ご家族でここに……だから何部屋もあるんですね。一人暮らしにしては広いなって思ってたんですけど。でも十年もここで暮らしてて、また戻ってくる予定って、すごいですね」

よっぽどここが気に入ってるのかな、怖い目に遭ったことはないんだろうか、それに月ヶ瀬さんもまだ何年もここにいる予定なのかな、と思いながら言うと、月ヶ瀬は研究者の顔で解説した。

「双方に共通言語がない言語研究は時間がかかるからな。例えば『緑』ってダヌワ語を知るために、英語の『グリーン』をダヌワ語でなんて言うのかって聞くことはできねえし、葉っぱや蛙《かえる》や青いバナナを指して答えを聞いても、『緑』と答えてくれるかわかんねえだろ。ひとつひとついろんな状況で確かめて吟味《ぎんみ》して、『緑』って確定するまでにはすごい根気のいる地道な作業が必要なんだ。博士がトゥクトゥムに英語を教えたから、ちょっとは作業効率が上がったけど、博士のライフワークのダヌワ語の辞書の編纂《へんさん》が終わるまで、まだ何年もかかると思う」

「へえ、すごいな……」

素直に感心しつつ、ふと、そんな大変な労作のダヌワ語の辞書が完成しても誰が使うんだろう、とつい思ってしまったが、研究者を敵に回すような余計なことを言うと逆鱗《げきりん》に触れそうなので口を噤《つぐ》む。

奥の仕事机の上に外国人の家族が写っている写真立てを見つけ、「あれがエッカート博士とご家族ですか?」と問うと、月ヶ瀬は頷いて写真立てを取ってきて見せてくれた。

毎日拭いているのかガラスに埃《ほこり》も曇《くも》りもなく、この家をバックに五十歳くらいの金髪の大柄な白人男性と、もうすこし若い赤毛の女性と、ふたりの中間の髪色の少年と、月ヶ瀬が並んで写っている。

「HA-HA!」と声が聞こえそうないい笑顔の一家の隣で月ヶ瀬も笑っており、(へえ、こんな顔もできるんだ)と意外に思いながら眺めていると、向かいから月ヶ瀬が指を差して紹介してくれた。

「これが博士で、これが奥さんのダナ、この子が息子のアレックス。俺がここに来たときから家族ぐるみでダヌワ語を教えてくれたり、すごくよくしてくれたんだ。また会いたいけど、アレックスは都会の生活に慣れたら、もうジャングルには戻ってこねえかもな。いまはこっちに帰りたいって、たまに手紙来るけど」

「え、ここにも手紙って届くんですか?」

住所とかどうなってるんだろうと思いながら訊くと、

「郵便飛行機が空からボトッと飛行場に荷物だけ落としてくんだよ。壊れ物の小包とかはちゃんと着陸して下ろしてくれるけど」

へえ、とワイルドな郵便事情にも感心する。

きっとメールも電話もできないジャングルの中で受け取る手紙は、より心に沁《し》みるに違いない。

涼しげな瞳に懐かしそうな色を浮かべて写真を眺める相手の様子から、どうやら他の人とはちゃんと良好な人間関係を築いているようだと推察する。普通に大人げあるまともな態度も取れるんだったらなぜ俺には、と若干釈然としないものを感じていると、月ヶ瀬は目を上げて急に眉を寄せた。

「……なに見てんだよ。ついべらべら余計な話までしゃべっちまったけどな、日本語話すのが久しぶりだからうっかりしただけで、別に話し相手ができてはしゃいでるわけじゃねえから勘違いすんなよ」

「あ、はい、全然してません」

言われなくてもはしゃいでるようにはとても見えないのでそんなことは思っていないが、やっぱり俺にはとことん大人げない喧嘩腰な態度なんですけど、姉さん、と心の中で呟く。

月ヶ瀬はつんと顎先で奥を示した。

「おまえは寝るときアレックスの部屋を使いな。ドアに『ALEX』って木の枝のプレートがかかってるほうの寝室。ちょっとベッドが小さいと思うけど」

「あ、サイズは全然大丈夫です。俺、どこでも眠れる質《たち》なんで」

ここに来るまでどんな家かわからなかったので、念のためテントも持参したが、裏庭で野宿じゃなくちゃんとベッドで寝かせてもらえるなら、多少小さかろうが構わない。

青山はヤシジュースを飲み終えると、先に契約関係の話を済ませようとリュックから書類と謝礼の封筒を入れたクリアファイルを取り出した。

ついでに広範囲に濡れたTシャツのままだと、いつまでもヤシジュースもうまく飲めないトロい奴という証拠を晒《さら》すようで情けないので、替えのTシャツも取り出す。

ちょっと失礼します、と断ってパッと脱いで汗やヤシジュースを軽く拭って新しいTシャツを被り、もう一度席に着くと、月ヶ瀬が眉を顰《ひそ》めてつっけんどんに言った。

「……いきなり人前で脱ぐなよ。おまえは裸族じゃねんだから、気ぃ使えよ。ここじゃ珍しい肌色だから、久々に見ると驚くだろ」

「……あ、すみません」

でも一応先に断りを入れたし、珍しい肌色だと咎《とが》められても、自分もそうじゃないか、と腑に落ちないが、大事な現地ガイドの機嫌を損ねないように逆らわずに詫《わ》びる。

でももしアレックスの部屋まで行って着替えたりしたら、それも「女子かよ、野郎同士なんだから堂々と着替えろよ」などと叱られそうだし、結局なにをしてもいちゃもんをつけられる気がする。

もしかして最初の印象が「どんくさい奴」で定着してしまったのがよくなかったのかもしれない。ここはまともな社会人らしいところを見せてイメージ回復を図《はか》らなくは、と青山は居住まいを正してクリアファイルから書類を出しながら言った。

「月ヶ瀬さん、順番が前後しましたが、ご挨拶と書類のご確認を一緒にお願いします。改めまして、『スカイハイユニオン』のADの青山真聡と申します。今回は急な依頼にも関わらず、ロケにご協力していただけまして、スタッフ一同、深く感謝いたしております。つきましては、謝礼についてなんですが、弊社《へいしゃ》の規定によりまして、一日一万五千円×日数分で金額を出させていただきました。ご了承いただけるようでしたら、こちらの書類と領収書にご署名を……、日本円と米ドルをご用意してますが、ルキアのほうがよければ最終日にシグリドで換金してお渡しします。銀行振りこみをご希望なら、そのように手配しますので」

月ヶ瀬のほうに向けて書類とペンを置くと、相手はちらっと一瞥しただけで青山に視線を戻した。

「金額云々《うんぬん》より、どんなコンセプトのロケがしたいのか、なにを撮りたいのかっていう話を先にしてほしい」

もっともな指摘に「あ、そうでしたね」と頷いて、青山は続けた。

「今回は元々マヌイリ族の取材をさせていただく予定だったんですが、そちらでは、狩りや祭りや成人の通過儀礼の儀式を撮らせてもらうことになっていまして、ダヌワ族でもそういったイベント的なシーンを撮らせていただければありがたいです。あと、もし可能であれば、ダヌワ族の中で何日か日本に行ってもいいという方に、一緒に日本に来ていただいて、その様子を撮らせていただけないかと」

話すうちにどんどん相手の眼差しが冷ややかになっていくのがわかり、つられて青山の語尾も小さくなる。

本当に自分もそれを撮りたいのかを掘り下げずに漆畑のプランをそのまま伝えてしまい、しくじったことを察する。

月ヶ瀬は眉間にきつい皺《しわ》を刻んで怒気《どき》と軽蔑《けいべつ》も露《あら》わに吐き捨てた。

「だからテレビマンなんかと関わりあいたくねんだよ。先住民を見世物としか思ってねえじゃねえか。そういうことがしてえなら、もっと文明擦《ず》れした部族を選べよ。ダヌワはパスポートなんか持ってねえし、もし本当に日本の人ゴミにさらされたら一発で感染症もらって命に関わるんだぞ。日本にちょろっと連れてって、『原始的な未開の裸族がハイテクの日本で大混乱の珍道中！』とか笑い者にして、用が済んだらポイと森に戻して終わりで、その後どうなろうが知ったこっちゃないなんて、傲慢《ごうまん》すぎると思わねえのか？　自分たちのこと何様だと思ってんだよ。視聴率のためならなんでも許されると思ってんだろうけど、そんなくだらねえことのために善良なダヌワを巻きこむな」

相手のきつい眼差しが実際に痛みを感じる気がするほど突き刺さり、青山は目を合わせていられずに視線を下に落とす。

先住民の命を軽んじるつもりは毛頭《もうとう》なかったが、想像力や配慮が足りなかったし、部族を日本に連れていき、カルチャーショックを受ける様を撮る目的が、単に彼らの純粋さや無垢《むく》さを見たいだけでなく、文化的に遅れた人々の戸惑いを上から目線で眺めて優越感に浸《ひた》る気持ちが一グラムもないか、と問われたら、絶対にないとは言い切れない気がした。

漆畑のプランを聞いたとき、無批判に面白そうと思ってしまった自分も同罪に思えて釈明できずにいた青山に、月ヶ瀬はさらに視線も舌鋒《ぜっぽう》も尖《とが》らせた。

「たしかにダヌワはテレビもネットも知らねえし、現代文明とは無縁だけど、日本人に憐《あわ》れまれるような惨《みじ》めな暮らしをしてるわけじゃねえよ。必要な物は全部ジャングルの中にあるし、独自の文化で平和に暮らしてるんだ。ダヌワ語には『殺人』も『強盗』も『強姦』も『子殺し』も当てはまる言葉がねえし、実際にも起きない。医療や学校教育を受けにくいとか、なにも欠点がない楽園とは言わねえけど、イジメや虐待《ぎゃくたい》や自殺や陰惨《いんさん》な事件が後を絶たない日本より、ダヌワが下等で不幸だなんて俺には思えねえ。名作文学は知らなくても、生き抜く知恵はみんな持ってるし、心の豊かさなら断然ダヌワのほうが上だと思う。彼らを野蛮人と見下して尊厳を貶《おとし》めるようなものを撮る気なら、いますぐ帰れ。ダヌワは視聴者の娯楽やおまえの自己満足のための道具じゃねえんだ」

「……」

厳しく糾弾《きゅうだん》され、青山は唇を嚙みしめる。

それは違う、と言いたかった。

そう思われても仕方ないが、それだけではないと言いたかった。

一人でロケを任され、なんとかいい素材映像を撮ってこなければ、というプレッシャーで、自分の心が動かされたものを撮れという漆畑のいつものアドバイスも忘れて受け売りのロケプランを伝えてしまったが、見世物にしようなんて不遜《ふそん》な動機じゃない。

番組を面白いものにするための努力は惜しまないと思っているし、視聴率は大事だが、そのためならなんでもしていいなんて思ってない。

月ヶ瀬に「だからテレビマンは」とひとくくりに全否定されるのが不本意で悔しくて、青山はぎゅっと膝の上の拳《こぶし》に力を込め、視線を上げて相手の目を見つめて口を開いた。

「……月ヶ瀬さん、配慮が足りなかったのは事実ですが、決して先住民の方々を自分たちより劣《おと》った野蛮人なんて思っていません。トゥクトゥムたちから見たら、まともに挨拶もできない俺のほうが野蛮人だし。それに取材対象を貶めようとして番組を作ったことなんかないです。『ふしぎガッテン』は世界中にいろんな人たちがいろんな思いで生きていることを紹介する番組で、自分たちと全然違う生き方もあって、そこには優劣なんかなくて、いろんな違いがあるから素敵なんじゃないかって映像でダイレクトに伝えられるから、俺はこの仕事に全力で取り組んでます、ぺーぺーなりに」

言いながら、自分はなにに意義を感じてこの仕事をしているのか、普段考える暇もなかったことを口に出してみて改めて自覚する。

元々希望していたドラマ制作部には配属されず気落ちしたのは最初だけで、すぐ新しい仕事にのめりこめたのは、世界のあちこちにいる無名でも素敵な人々に出会えるのが興味深くて楽しくて、それを伝える仕事にやりがいを感じているからだと思う。

「……ふうん。で？」

月ヶ瀬は椅子の背に凭れて両腕を組み、青山の言い分になんの感銘を受けた気配もなく冷めたトーンで問う。

就活《しゅうかつ》の面接官を前にしたときより緊張しながら青山は続けた。

「軽々しく日本に招きたいなどと言ってしまったことについては浅慮《せんりょ》でしたし、取り消してお詫びします。テレビ的な仕込みは抜きで、ちゃんと交流を持って心を開いてもらった上で、固有の文化を持つダヌワ族の日々の営《いとな》みを紹介させていただけませんか？　俺は縁あって、ここまで来れて実際に会えたけど、ダヌワ族のことを一生知らずに終わる人もいます。俺が撮っても見てもらえないかもしれないけど、少なくとも見てくれた誰かには、ここにトゥクトゥムたちがいて、心豊かに生きていることを知ってもらえる。それって無駄なことじゃないと思うんです。見世物じゃなく敬意を以て撮ります。お願いします。やらせてください」

初対面の今日一日で、すでに何度も頭を下げているが、もう一度誠心誠意頭を下げる。

相手のこれまでの言動を考えると、問答無用でコマラワのベースキャンプに無線連絡して「テレビマンがロケ中止して帰るから、エアタクシー寄こしてくれ」などと追い返すことも辞さないと思われ、なんとか真意と熱意を伝えてここに踏みとどまらなければ、と青山は祈る気持ちで返答を待つ。

　しばらく続いた沈黙ののち、相手の素っ気ない声が耳に届いた。

「……別に、俺にお願いされても、決めるのは彼らだし。俺がダヌワの長老でもマネージメントしてるわけでもねえし、彼らが撮ってもいいって言えば、俺がダメだって止める権利はねえよ。穏和な人たちだから、ちゃんと頼めばＯＫしてくれんじゃね」

「え……」

　顔を上げると、月ヶ瀬はクールな眼差しで続けた。

「おまえの腕でＮＨＫのドキュメンタリー並みの史料価値があるものが撮れるとも思えねえけど、おまえが努力すれば出来るのは、『なんか日本から来た奴が妙な黒い物持ってうろちょろして帰ったけど、楽しい奴だった』って彼らの中でいい思い出になることくらいだから、せいぜい頑張んな。見世物にはしねえって言ったんだから、彼らのプライバシーは守れよ。テレビ的にどうよっていう場面も目にするだろうから、良識で判断しな」

「はい、もちろん、それは」

　そのときはまだ相手の言う意味が正確にわからなかったので、一般的な注意と受け止めて青山はこくこく頷く。

　次いで月ヶ瀬は「別に欲しいわけじゃねえけど、くれるって言うならもらっとく」とペンを取って領収書や契約書類にサインをした。

「ありがとうございます……！」

よかった、またいつ逆鱗に触れるかわからないけど、ひとまず追い返されずに済んだ、と安堵しながら謝礼を渡して書類を受け取る。

相手の気が変わらないうちに急いで契約書類をリュックの底のほうに仕舞い、もっと相手のガードを緩めて関係を良くするいい方法はないか考える。

「あの、月ヶ瀬さん、一応二週間分の食料を日本から持ってきたので、お世話になるし、ここに置いてもらう間、よかったら俺に食事の支度させてください。簡単なものですけど」

どんくさいだけではなくちょっとは役に立つ奴だと思ってもらわなくては、と提案すると、月ヶ瀬は（できるのかよ）と言いたげな視線を向け、素っ気なく頷いた。

「……じゃあ、頼む。けど、食料なんかわざわざ持ってこなくてもよかったのに。すぐそばにパンノキとバナナとマンゴーの木があるし、アレックスが作った畑でイモとトマトが採《と》れるし、川で魚も釣れるし」

食生活はダヌワ族と同じ狩猟《しゅりょう》採集による自給自足なんだろうか、と思いながら、

「果物も野菜も一年中採れるんですか？」

と問うと、月ヶ瀬は頷く。

「気候がほぼ一定だから、バリエーションは多くねえけど、エンドレスで実《みの》る。たまに食い飽きてパスタとか作ることもあるけど、基本は毎日バナナが主食」

「へえ、おやつじゃなくて主食なんですね」

やっぱり毎日バナナばっかりでも平気なくらい食にこだわりがない人じゃないとジャングルでフィールドワークなんかできないんだな、と思っていると、

「ちなみに日本からなに持ってきたんだよ」

と月ヶ瀬が席を立ってリュックを覗きにきた。

食にこだわりがなくても一応興味はあるのか、と思いながら、立ったまま上から覗く相手によく見えるようにリュックの口を大きく広げる。

「米は余ったら置いてって後で食べてもらおうと思って、いいもの持ってきました。魚沼《うおぬま》産コシヒカリと、海苔《のり》とふりかけと梅干と、塩・味噌《みそ》・醤油《しょうゆ》・わさび、カレールウ、乾燥ワカメと乾燥ネギと高野豆腐《こうやどうふ》で味噌汁作ろうと思ってて、おかずは缶詰類をアレンジして、あとジャングル弁当用にカロリーメイトとチョコレート、夜食用にカップ麺《めん》も持ってきました。あ、もちろんゴミはすべて持ち帰りますから」

元々は永野に日本の味を懐《なつ》かしんでもらおうと用意したもので、毎回海外ロケにこんなに日本の食材を持っていくわけではなく、普段は現地調達している。

月ヶ瀬も長く日本を離れているので日本食を懐かしがってくれればいいが、偏屈な相手のことだから、『日本人はどこ言っても日本食食べたがるけど、ジャングルに来たらジャングルのものを食えよ』と怒り出すかも、と上目で窺うと、予想外に食い入るようにカップ麺を凝視し

ている。

「あ、なんか好きなの、あります？　いろいろ持ってきたんで、どれでもどうぞ。ヌードル系と、赤いきつねと緑のたぬき、ペヤングソース焼きそばに、」

「え、ペヤング？」

思わず出てしまったような呟きの後に、ごくっと相手の喉《のど》が大きく鳴る音が聞こえた。

意外な食いつきに目を瞬きながら、青山はカップ焼きそばを「どうぞ」と差し出す。

ハッとした顔で相手はこちらを見おろし、

「……いいのか？　日本くんだりから遥々《はるばる》持ってきたのに」

しっかり手でカップを摑みながら問われ、またちぐはぐな言行不一致ぶりに笑いを嚙み殺して青山は頷く。

「はい、もちろん。俺は二週間後にまた食えるし。ペヤングはあと一個あるんで、お土産に置いていきますから、後日のお楽しみにどうぞ」

「……ふうん。じゃあ、もらう。……悪いな」

はじめて「ありがとう」的なニュアンスの言葉が相手の口から漏れ、「とんでもない」と首を振りながら、月ケ瀬ほどの偏屈クールの心をも溶かして礼を言わしめる日本のインスタント食品の底力を再認識する。

まだ時刻は三時だったが、焼きそばのパッケージを見つめる相手の瞳の煌《きら》めきを見たら、

「えっと、俺、まだ昼飯食ってなくて、さっき飛行機酔いしたし抜こうかなと思ってたんですけど、軽く食べたい気になったので、一緒にどうですか?」

と誘わなくてはいけない気になった。

相手は素っ気なく、

「……おまえが腹減ってるなら、つきあってもいいけど」

とたいして乗り気でもなさそうに同意する。

醒めた表情で湯を沸かし、うっかり口角ににんまりした笑みを浮かべかけてはハッと表情を引き締めて湯切りする相手の横顔をこっそり窺う。

人間素直が一番と思っているので、自分ではこういう天邪鬼《あまのじゃく》な態度を取ろうとは思わないが、この人は若干迂闊《うかつ》な感じで憎めないこともないから、なんとか二週間乗り切れるかもしれない、と青山は思う。

出来上がったカップ焼きそばをクールな顔で、でも今日見た中で一番輝く瞳で食《しょく》す月ヶ瀬を盗み見ながら、青山も北九州ご当地ヌードルを啜《すす》る。

月ヶ瀬はソース味の麺をしみじみ噛みしめるように味わい、

「……くそう、久々に食うと超うめえな。……ちきしょう、なきゃないで我慢できるのに、こんな魅惑的なもん、ちらつかせやがって」

と陶酔《とうすい》の表情で嚥下《えんげ》した直後にキッと咎めるように睨んでくる。

「なんでそこで怒るんですか。美味《おい》しかったならいいじゃないですか、『くそぅ』とか言わなくても」

ペヤング効果で当たりが柔らかくなるかと思ったら、また嬉しいのに怒るという言行不一致な反応で目論見《もくろみ》が外れたが、まあ怒りつつ喜んでるみたいだからいっか、と悟《さと》りを開く。

小腹が充《み》たされた後、ロケの打ち合わせをした。

「月ヶ瀬さん、ダヌワ族への取材交渉なんですけど、申し訳ありませんが、同行していただいて、月ヶ瀬さんからダヌワ語で伝えていただいてもいいですか？　最初はカメラは回さずにご挨拶に回ろうと思ってるんですけど」

月ヶ瀬は口中に残るソースや青のりの一片も余さず胃内におさめようとするかのように舌を動かしながら頷く。

「わかった。前にエッカート博士が学会発表用に写真やビデオを撮ったことがあるから、まったくカメラが初体験ってわけじゃねえけど、おまえの場合は新参者だし、ちゃんと説明したほうがいい。トゥクトゥムたちがおまえのことをみんなに話してるだろうから、もう知れ渡ってると思うけど、明日村に連れてって紹介してやる。夕方からは蚊《か》とか動物たちが活動しだすから、素人《しろうと》はあんまりうろうろしねえほうがいいし、今日はダヌワ族の勉強会にして、明日に備えて早めに寝な」

「わかりました。よろしくお願いします」

ダヌワ族に関する情報を書き留めておくノートを広げ、

「えーと、ダヌワ族って何人いるんですか？」

と問うと「二百七人」と答えが返ってくる。

ということは、半数の約百人が男性だとしたら、明日はトゥクトゥムたち四人を除く残りの初対面の男性全員の股間を「タガイー」しなければならないのか、と内心怯む。

でも最初が肝心で、ロケへの第一関門なんだから、しっかりやらなくては、と自分に言い聞かせる。

「すいません、小さい男の子に挨拶するときも局所を触っていいんですか？　あと女性の場合はどうしたら……？」

「子供への挨拶は男女とも頬を両手ですりすり触って、女性には胸を優しく触る」

「え。いいんですか、胸触っちゃって」

驚いて聞き返すと、月ヶ瀬は素っ気なく頷く。

「それが作法だからな。ただすけべったらしく触るんじゃねえぞ。相手の身体の大切なところを触って、相手自身を大事に思っていると伝える行為だから。ダヌワは性肯定《こうてい》社会で、性的なスキンシップが多いんだけど、別に淫乱《いんらん》な部族ってわけじゃなくて、小競《こぜ》り合《あ》いになりそうなときに疑似性交してガス抜きして『悪かった、また仲良くやろう』みたいな仲直りの手段にしたり、大事な人を亡くして悲しんでる相手を友人が人肌で優しく慰めたり、性的な触れ合いが人間関係の潤滑油《じゅんかつゆ》になってて、生殖《せいしょく》や快楽のため以外にも情を交わすこともあるんだ」

「……なるほど」

恋人や夫婦間だけでなく、友達同士でも性的な触れ合いをする、というのに若干違和感もあるが、親愛の情の示し方が直接的なのかもしれない。

ここではタガイーは握手やハグの延長みたいなものなんだから、明日は男女ともももじもじしないで堂々と触ろう、と青山は思う。

ふと、月ヶ瀬も一年半前にここに来たとき、みんなとタガイーしあったんだろうか、と疑問が湧《わ》いた。

あまり人に触らせたり触ったりしている姿が想像できず、青山はさりげなく訊ねてみる。

「えっと、月ヶ瀬さんも初対面のときはタガイーしたんですよね。最初びっくりしませんでしたか？　ちょっと恥ずかしいじゃないですか」

相手は照れもせずきっぱり言った。

「別に。こっちに来る前にエッカート博士の論文読んで知ってたし、『あ、論文通りだ』って思っただけ。それに旧約聖書の『創世記』にも、ヤコブの子孫の間で聖なる誓いを立てるとき、男性器に手で触れながら誓ったって書いてあるし、ダヌワ族だけの珍奇な風習ってわけじゃねえよ」

「へえ、聖書にそんなこと書いてあるなんて知らなかったです。けど、やっぱり予備知識があると狼狽《うろた》えずに済むから、事前のリサーチ大事ですよね。永野さんから伺ったんですけど、月ヶ瀬さんは国立民俗学博物センターから派遣されてるそうですね。どうしてこちらにフィールドワークに来ることになったんですか？」

ジャングルの奥地に単身やってくるのは相当な勇気と決意がいると思われ、なかなか実行できる人は少ないのでは、と経緯《けいい》に興味を覚えて訊ねると、相手はピクリと眉を顰めた。

「……それ、ロケに必要な質問か？」

それまでの素っ気なさとはどこか違う平板な口調で問い返され、青山は内心戸惑いつつ首を振る。

「いえ、直接関係はないですけど、あとでディレクターや日本の上司に現地コーディネーターさんのプロフィールとかも報告しなきゃいけないので、もし差し支えなければ伺えたらと思って」

またなにか地雷を踏んだか、と焦りながら言うと、「……ふうん」と愛想なく呟き、月ヶ瀬はすこし間を空けてからどこか投げやりな調子で言った。

「……別に、たまたまタイミングが合ったってだけだ。職場の所長がエッカート博士の昔からの知人で、前からダヌワ族の口承《こうしょう》を採集して研究してみないかって打診されてたんだけど、期間が二年だし、百％安全な場所でもねえし、うち親が早く他界してて妹とふたり家族だから、なにかあってもすぐ駆けつけられる距離じゃねえし、行きてえけど踏ん切りつかずにいたら、妹が結婚することになったから、じゃあいっかって。ただそれだけ」

「……そうなんですか」

そう話す相手のクールな瞳が薄く翳ったように見えて、「ただそれだけ」ではないような気がした。

大事な妹さんだったのかな、ちょっとシスコン気味なのかな、と思ったが、それ以上はプライベートな領域なので青山は話の矛先《ほこさき》を変える。

「ええと、もしダヌワ族が平和的な気持ちで『タガイー』しようとしても、俺みたいな丸腰の相手じゃなくて、戦闘部族みたいな人たちと初めて遭遇した場合、ダヌワ式挨拶は有効なんでしょうか」

学究的な質問に徹したほうが余計な地雷は踏まないかも、と思いながら質問する。

「周辺に戦闘的な部族は確認されてねえし、隣の部族との境まで五十キロくらい離れてるから、あんまり他部族と交渉がねえんだ。それにダヌワは視力が推定5・0以上あるし、聴力も十キロ先の人間が武器持ってるかどうかとか地面に耳つけて聴くとわかるくらいだから、危険を察知したらすぐ逃げられる。弱いわけじゃねえけど、殺し合うより逃げるが勝ちっていう思考法を取る部族だから」

「へえ、それは生き延びるために賢い選択ですね。命あっての物種ですし」

そう言うと、相手は数瞬の間の後、ぷっと苦笑した。

「……若造のくせに古い言い回しするんだな。おまえ、いくつだよ。もしかしておばあちゃん子とかなのか？」

からかう視線で突っ込まれ、青山は薄く赤くなる。

「いや、核家族で育った二十四歳ですけど。親がドラマ好きだったので、昔からたくさん見て て、時代劇も見てたので、たまにレトロなボキャブラリーが出ちゃって……。でも、月ヶ瀬さんも俺のこと『若造』っていうほど年離れてないですよね」

ちなみにおいくつなんですか、と問うと、「二十七」と応えがある。

「ほら、そんな違わないじゃないですか」

それにそっちは割と大人げないから精神的には同い年くらいでは、と思ったが、心の中だけにとどめる。

相手の機嫌がやや斜めから戻ってきたようなので内心ほっとしながら質問を続ける。

「えっと、あとダヌワ語で『こんにちは』『ありがとう』『美味しい』ってなんて言うか教えてくれませんか？　現地の方と早く打ちとけるには、出されたものをなんでも喜んで食べるのが鉄則だと上司に言われてまして」

月ヶ瀬はにやっと人の悪い笑みを浮かべた。

「いい心がけだな。なにが出て来ても味わって食いな。『美味しい』は『ユコユコ』、『こんにちは』は『アンフィー』、『ありがとう』は『ラライラ』。あと『私は真聡です』は『ガゼ・マサト』。他の言葉も日本語で書いたノート見せてやるから勉強しな」

「ありがとうございます、貴重なノートを」

単語をメモしながら頭を下げ、

「あと月ヶ瀬さん、ダヌワ族のみなさんに、Tシャツと釣り針とマッチと手鏡と石鹸《せっけん》、子供たち用にボールとリボンと折り紙を持ってきたんですけど、取材交渉時に渡してもいいですか？」

と確かめると、月ヶ瀬はしばし考えるように間を空けてから頷いた。

「……持ってきたなら渡せば。一番喜ばれるのはマッチと石鹸と釣り針かな。ダヌワは釣り針も鏃《やじり》も骨や竹で器用に作るけど。服は基本的に男はテペで、女性は腰蓑《こしみの》だから、Tシャツをもらっても着ねえかもしんねえけど、雨が続いて気温が下がった時用にあってもいいかも。鏡もちょっと驚くと思うけど、水に映った顔しか見たことねえし、喜ぶかもな。ほかのもまあいいんじゃね。折り紙は雨とか湿気で長くは保《も》たねえと思うけど」

一応了解を得たので、次はダヌワ族の平均的な一日のタイムスケジュールを訊ねる。

「朝は日が昇ったら起きて朝食を摂って、食べ物のストックがなければ森や川に狩りや釣りに行ったり、果物を取りに行ったりする」

「ストックがある日はどうするんですか？」

「狩りには行かないで、家族や友達とおしゃべりしながら草でカゴとかござとかを編んだり、部族で必要なものを作ったり、子供と遊んだり、昼寝したりって感じかな。食べ物に困らねえから、みんなゆったりしてるんだ」

「へえ、いいな、なんか試験もなんにもないって感じで」

メモしながら若干羨《うらや》ましさを覚えて呟くと、月ヶ瀬は庇《かば》うように言った。

「試験はねえけど、ちゃんと年長者が森の中の危険について、動物や密猟者からの身の守り方とか、怪我したときの対処法とか、触ったらいけない植物とかキノコとか、どれが毒でどれが薬草かとか、生活に必要なことをすべて教えるし、狩りの仕方とかも男女の別なく子供の頃から教えるから、男子も女子も得意な武器があって強いんだぜ。食べるため以外の殺生《せっしょう》はしねえけど」

「え、女の子も狩りをするんですか？」

「得意な子はやる。男女の役割の区別があんまりねえんだ。ダヌワは母系社会で、母親を中心に母の母や兄弟姉妹とその子供がひとつの家族を形成してて、みんなで助け合って暮らしてる。子供は全員で育てるものっていう共通認識があって、自分の子しか可愛がらないとか、自分の身うちだけがよければいいみたいな狭量な考えじゃねえし、母親だけが子育てしなきゃいけないってこともねえから、育児ノイローゼとかもない。障害がある子も他の子と変わらない愛情で育てられるし、老人や病人もみんなでフォローして、最後まで敬《うやま》われてる」

「へえ、いいですね。理想的ですね」

アマゾンの先住民族の資料には、生まれた時点で長く生きられないと判断されたら命を絶《た》たれるシビアな風習もあると書かれていたので、ここは違うと聞いてほっとする。

「みんなそれぞれありのまま尊重されて居場所があるって、ほんとに心にゆとりがある成熟した人々って感じがします」

月ヶ瀬がダヌワ族に肩入れして外部の好奇の目から守ろうとするのもわかるような気がした。

月ヶ瀬は「……まあな」とうっすらドヤ顔でかすかに口角を上げた。

が、すぐ素っ気ない顔に戻り、

「……で、狩りに出る日は、みんな腕がいいし、目もいいし、一発必中で仕留めて手ぶらで帰ることはねえから、獲物はすぐ調理してみんなで食べて、余ったら燻製《くんせい》にして、暑い時間は蔦《つた》で作ったハンモックで休んで、汗をかいたら川で水浴びして、夜は果物とか昼の残りとかを食べて、ヤム芋《いも》で作った酒を飲んで、長老や語り部の話を聞いたり、仲間で団らんしてから寝る、みたいな感じだな」

「なるほど。……それは月ヶ瀬さんも朝から晩まで同じ生活をして観察したんですか?」

メモしながら詳しい説明の根拠を問うと、当然のように首肯《しゅこう》される。

「やっぱり一緒に暮らさなきゃ細かいとこまで調査できねえし。トゥクトゥムの伯父《おじ》さんのファルサイが部族の語り部で、ダヌワ族に語り継がれる伝承に詳しいから、エッカート博士が帰国してこっちに移るまで、ずっとトゥクトゥムの家に居候させてもらってた」

「え。それはすごい」

やっぱりインディ・ジョーンズっぽい、と目を瞠《みは》る。

ジャングルでも快適性を追求した博士の家ならまだしも、本当に先住民が暮らす電気もトイレもない家で起居《ききょ》を共にするのは、二週間という期限付きなら自分にもなんとかできると思うが、一年半は無理な気がする、と思ったのが顔に表れたらしく、月ヶ瀬は鼻で嗤《わら》った。

「ま、おまえには無理だろうな、トロいし、ぼっちゃんぽいし。ネットもテレビもエアコンもコンビニもねえ生活なんて考えられねえだろ。特に誰ともネットで繋がれねえとか、いまどきの若造には耐えられねんじゃねえの。……彼女とも連絡できねえしな」

自分だっていまどきの若造のくせに、と青山は軽く口を尖らせる。

「別に、そこは問題ないんですけど。彼女いないんで」

問題は人食いワニとか毒蛇とかそっち系で、電化製品やネットがないことは奥地なんだからしょうがないと割り切れる。

頭からおまえには無理だと決めつけられたのが屈辱だったので、こうなったら二週間文句ひとつ言わずにジャングルライフを全うして「なかなかやるじゃねえか」と見直させてやる、と息込んでいると、月ヶ瀬はやや目を瞠ってぼそりと言った。

「……いねえのかよ、彼女、とか恋人」

なんで何度も聞くんだろ、と思いつつ、「はい」と根が正直なので頷く。

「いませんけど、何度も言わせないでくださいよ。すいませんね、甲斐性《かいしょう》なしで」

どうせ非モテだが、何度もイジられたくない、と拗《す》ねると、相手はまた小さく噴いた。

「『甲斐性なし』もレトロなチョイスだな。……別にからかったわけじゃねえよ。意外だなと思っただけ」

「え?」

聞き返すと、月ヶ瀬は軽く肩を竦めた。

「だってジャングルじゃなきゃ、モテそうじゃん、おまえ。背も高いし、顔もまあ『不細工』と『見れる顔』に分けたら後者だし、どんくさいけど、ちょっとは根性がないわけでもねえみたいだし、二度と口ききたくねえほど性格が悪いわけでもなさげだし」

「……まったく誉められた気はしないですけど、ニュアンス的に、一応ありがとうございます、と言っておきます」

ジャングルじゃなきゃモテそう、というのはジャングルではモテない、という意味だろうし、きっと部族でモテるのはワニを一撃で仕留めるような狩りのうまい人とか、ヤシの実を鉈でかち割る人なんでしょうよ、と内心やさぐれる。

その後、ダヌワ族の死生観や出産・葬儀についてなど、もしこのロケ期間にあったとき、撮れないとしても心構えとして説明を聞いた。

六時には日が沈んで暗くなるので、その前にシャワーを使うように言われ、薄闇の風呂場で昼の陽光で温まったタンクの水のシャワーを浴びた。

ついでにTシャツや下着を洗い、「お先にありがとうございました」と首タオルとハーフパンツ一枚で出ていくと、月ヶ瀬はまた目を瞠り、キッと眦《まなじり》を吊り上げた。

「だから、その肌色珍しいからやめろっつってんだろ！　ちゃんと着てから出てこいよ！」

「あ、すいません。上はちょっと汗引いてから着ようかと思って……」

なんでこの人は裸族の村で暮らしてるのにいちいち目くじら立てるんだろう、と思いながら詫びると、相手はぷいと目を逸らす。

「もう今日は夕飯は作んなくていいから、さっさとアレックスの部屋に行って寝ろ。夜中に腹減ったら、これでも食いな」

調理台からバナナを房《ふさ》ごと抛《ほう》って寄こし、『DAVID&DANA』という木枝のドアプレートが掛かった部屋に「じゃあな」と言い捨てて入ってしまう。

「おやすみなさい。今日はいろいろありがとうございました。明日もよろしくお願いします。バナナもどうも」

ドア越しに声をかけ、「おぅ」と小さな返事を聞いてからバナナの房を掌に乗せてアレックスの部屋に入る。

きっとあんなにすぐカリカリするのは、性格が短気なのもあるだろうけど、長いことひとりだけの生活に慣れてるのに、急に他人が入り込んだせいでいちいちウザく感じるんだろう。なるべく怒らせないように気をつけないと、と思いながらTシャツを着る。

ドアに木のフックがあったので、洗濯したTシャツをハンガーにかけて吊るし、下着は椅子の背に引っかける。

室内はすこし前まで小学生男子が暮らしていた部屋らしく、丸太壁に色鉛筆で描いたジャングルの友達や虫や家族の絵が何枚も貼ってあり、子供用の弓矢や手作りダーツの的などがかけてある。

木製のクローゼットに予備のカメラやバッテリーなどをしまい、着替え数着もハンガーにかける。

虫除けネットをかいくぐって入り込んだ大きな蛾《が》が壁や天井やライトのそばにたかっているが、マラリアを運ぶハマダラ蚊以外はスルーすることにする。

日本から箱で持ってきた蚊取り線香を焚《た》いて、ベッドの真上から下がる蚊帳《かや》をマットの下に挟む。

まだロケ日誌をつけたり、月ヶ瀬に借りたダヌワ語のノートを読んだりやるべきことはあったが、日本を発ってからろくに寝ておらず、襲い来る眠気には抗《あらが》えなかった。

まっすぐ仰向《あおむ》けに寝ると脚が飛び出るベッドに横向きに足を曲げて横たわり、ライトを消して目を閉じると、青山はものの数秒で眠りに落ちた。

明け方、まだ深い眠りの最中、突然上から機銃掃射《きじゅうそうしゃ》が始まったかのような大音量の破裂音が聞こえ、青山はギョッと目を覚まして飛び起きた。

「……な、なに、空爆……?」

本気でそう思ったほどの爆音に狼狽えながらベッドから這い出し、恐る恐る窓の外を覗くと、早朝の森にどしゃぶりの雨が降っていた。

これが本物のジャングルのスコールか、とド迫力の雨量に唖然とする。

急いでカメラを回し、

「ジャングル二日目の朝、只今午前五時半です。スコールが降ってきましたが、ものすごい大粒の雨で、ひと粒がピンポン玉くらいあります。地面が小さな川みたいになっているし、バチバチバチッと屋根に当たる雨音を聞いたとき、銃撃戦が始まったかと思いました」

などとリポートしているうち、降ってきたときと同じくらい唐突に雨が止《や》んだ。

すこしひんやりした空気が窓から流れこんできて、白みはじめた空の下、雨あがりの木々の間を白い霧が立ちこめ、幻想的な光景が現れる。

「……わぁ、綺麗だな……」

美しい景色を虫除けネット越しではなく直《じか》に外に出て撮ろうと思い、カメラを持ったまま片足をスニーカーに入れた瞬間、爪先《つまさき》にありえない感触があった。

音で表すとパキッグシャッという感触に、青山は危うくカメラを取り落としかけ、慌てて抱え直してスニーカーを蹴《け》り飛ばす。

壁に当たって横向きに落ちた靴の中からガサガサガサッと黒い蜘蛛とムカデが這い出てくる。

げっ！　姉さん！　と目を剝きながら急いで足の裏を確かめると、なにかの虫を踏み潰した体液がついていた。

「……うへぇ……」

棘《とげ》などは刺さっていないようだったし、痛みもないので、なにを踏んだんだろう……と怯みながら靴に近づき、拾い上げて床に逆さに振ってみると、ボトッと巨大ゴキブリの死骸《しがい》が落下した。

「……っ！」

ギャーッと叫びたいのをすんでのところで飲み込む。

朝からゴキブリごときに悲鳴を上げて、月ヶ瀬にコケにされたくなかったので必死で堪《こら》える。

青山は数回深呼吸して気を落ち着け、椅子にカメラを置くと、もう片方の靴を腕を伸ばして身体から離して逆さに振る。

こっちにも隠れていた蜘蛛や名も知らぬ虫がボトボト落ちてきて、床の四方八方に散っていく。

その様子と死んだゴキブリを映しながら、

「うっかりジャングルサイズのデカすぎるゴキブリを踏み潰してしまいました。ここでは朝起きたら、中を確かめずに靴を履いてはいけないという教訓を得ました」

としゃがんでリポートしていると、ふと視界の端にシュルシュル動く物体を捉えた。

……え？　と嫌な予感に恐る恐る目を上げると、丸太壁の合わせ目の上を這っていた全長一メートル、胴回り五センチくらいの黒っぽい蛇と目が合った。

「う、うわあぁーッ！」

部屋の中に本物の蛇がいて、毒蛇かもと思ったら、我慢できずに絶叫が口から飛び出す。恐怖と焦りで叫びながら尻もちをつき、そのまま尻でじりじり後ろに逃げかけたとき、背後でバタンとドアが開いた。

振り向くと、起き抜けの月ヶ瀬が不機嫌全開の顔で立っている。

「うるせんだよ、朝っぱらから騒ぐな。何事だよ」

「つ、月ヶ瀬さんっ、あそこにぶっとい蛇が……！」

ほとんど涙目になりながら指差すと、月ヶ瀬は据《す》わった目で蛇を一瞥《いちべつ》し、無言で壁からアレックスの弓矢を外すと目にも止まらぬ早業《はやわざ》で矢をつがえて放った。

「……っ！」

シュタンッと蛇の首元に矢が刺さり、ビクンッと身を震わせた蛇はしばしののちダラリと首だけ丸太に突き通されたまま垂《た》れ下《さ》がった。

「……」

あんぐり口を開け、『姉さん、この人すごいです、いろんな意味で……！』と呆然とナレーションしていると、月ヶ瀬はあくびをして一旦部屋を出ていき、キッチンからナイフと竹串を取って戻ってきた。器用に蛇の皮を剝《は》ぎ、ぶつ切りにして開いて次々串を刺していく。

「……な、なにをやっているのか聞いてもいいですか……？」

言葉もなく見ていた青山がやっとのことで訊ねると、月ヶ瀬はきっぱり言った。

「焼いて食うに決まってんじゃねえか。これ結構うまい蛇だし、ジャングル記念に食わせてやる。朝から悲鳴上げて人の安眠妨害しといて、よもや俺の捌《さば》いた蛇が食えねえとか言わねえよな？」

「……い、言いません。ありがたく賞味させていただきます……」

俺の酒が飲めねえのか、と絡《から》む上司のような言い草で、朝からゲテモノ食いを強要される。

月ヶ瀬は雨あがりの庭先で、高床の下の壺から取り出した乾いた柴《しば》や落ち葉にマッチで火をつけ、焚火《たきび》の周りの地面に蛇肉の串を斜めに刺していく。

蛇の頭と皮を燃えさかる火にくべている月ヶ瀬に青山は言った。

「あの、これ撮ってもいいですか？　月ヶ瀬さんには見慣れたことかもしれませんけど、俺的にはかなり斬新な画《え》なので」

どうせならさっきの弓矢で射るところから撮りたかった、と思いながら言うと、月ヶ瀬は眉を寄せる。

「おまえはダヌワ族を撮りにきたんだろうがよ。こんなの撮らなくても……撮れ高が足りねえと困るとかいろいろ事情があんなら、俺が映んねえように撮るなら、まあいいけどよ」

「顔映っちゃダメなんですか？　オンエアを日本の妹さんやお友達が見てくれるかもしれないじゃないですか」

黙っていればフォトジェニックな美形だし、日本の知り合いに元気な姿を見せたら喜ばれるのでは、と思ったのだが、月ヶ瀬はあっさり首を振った。

「やだよ。こんなとこで蛇とか焼いてる姿なんか見せたら余計心配かけちまう」

また昨日見たような淋しげな色合いが瞳に浮かび、青山は深追いはやめて頷く。

「わかりました。じゃあ、手とかしか撮らないようにするし、もし顔映っちゃったら、ボカシ入れます」

「それじゃ悪徳ブローカーみてえじゃねえかよ、俺が」

プッと相手が噴いたので、青山もホッと笑ってカメラを取りにいく。

蛇の白い肉がこんがり炙《あぶ》られる様を撮りながら、

「けど、そもそもなんで部屋の中に蛇が……よくあることなんですか？」

たまたま毒蛇じゃなかったからよかったが、寝ていて気づかなかったら危険なのでは、と思いながら問うと、月ヶ瀬は焚火でさらに焼きバナナを作りながら言った。

「虫はどっかしら入ってくるけど、蛇は滅多にない。たぶん、おまえの部屋の虫除けネットに穴とか隙間が開いてたのかも。さっきスコールがあったから、虫や蛇が雨避けに床下に寄ってきて、上に穴見つけて入り込んできたんじゃねえかな。アレックスの部屋、ずっと使ってなかったから、よく確かめとかなくて悪かったな」

珍しく謝ってくれた相手に驚いて、青山はカメラを持ったまま首を振る。

「いえ、こっちが急に押しかけたので、それは。裁縫《さいほう》セット持ってきてるので、後で繕《つくろ》います。

……それにしても、月ヶ瀬さん、弓の腕前すごいですね。ビックリしました」

ダヌワ族も一発必中の狩りの達人が多いと聞いたが、月ヶ瀬の名手ぶりにも意表を突かれた。

月ヶ瀬は蛇肉の焼き目を裏向きに変えながら、

「そりゃあ練習したからな。自分の食い扶持《ぶち》くらい自分で狩れなきゃ、いつまでもお客さん扱いで認めてもらえねえと思ったし、非常時の身の安全のためにもできたほうがいいから、手ぇ血だらけになるまで特訓したさ。最初は子供より下手だったけど、いまじゃ狩人に転職しても充分やってけるぜ」

またうっすらドヤ顔で告げる月ヶ瀬に笑いを誘われつつ、青山は尊敬の眼差しを向ける。

「かっこいいですね。さっきもほんとにかっこよかったです。シュパッ、ドシュッって感じで命中させて。やっぱり狩りがうまい人がモテるって太古の昔からの真理なんだなって思いました」

よいしょではなく、なにがあっても生き残れそうな逞《たくま》しさは立派な能力で美点だと思えた。

率直に伝えると、「え……」と月ヶ瀬は動きを止め、すぐぷいと目を逸らす。

「……なに言ってんだよ。若造テレビマンは口だけは一人前だな。蛇見て悲鳴上げて腰抜かしてたくせに」

痛いところを突かれ、ジャングルライフを恙《つつが》なくクリアして相手に見直させる計画が早くも頓挫《とんざ》して消沈していると、森からトゥクトゥムが現れた。

月ヶ瀬に「ポイドー」と親しみのこもった笑顔で声をかけると、焚火の前にしゃがんでいた月ヶ瀬も立ち上がり、そばにきたトゥクトゥムに「ポイドー」と言いながら、片頬を寄せ合い、お互いに相手の尻を両手で撫でている。

また新しいボディランゲージに目を瞬き、『姉さん、今度は股間じゃなくお尻触ってます』と思わず実況していると、月ヶ瀬は青山を振り返った。

「おまえもやんな。初対面じゃない挨拶は朝昼晩、男女ともこれだから」

さくっと言われ、「あ、はい」と青山も立ち上がり、トゥクトゥムにそろそろと頬を寄せて、「ポイドー」と引き締まった生尻に手を回し、自分の尻も触られる。

タガイーよりこっちのほうがハグに近いし、背中よりかなり手の位置が下だけど痴漢行為じゃないから、と自分に言い聞かせつつ、ぎこちなく触る。

挨拶を済ませると、トゥクトゥムはダヌワ語で月ヶ瀬になにか言った。

ふんふん、と聞いていた月ヶ瀬はなにか返事をし、蛇肉を手で示した。

トゥクトゥムは「ライラ」と二串取って「サヌー」と月ヶ瀬と青山に笑いかけて戻って行った。

「ありがとう」はわかったけど、最後のは「さよなら」かな、たぶん「ポイドー」は「おはよう」だろうし、と考えていると、月ヶ瀬が炙った蛇肉を地面から引き抜いて差しだしながら言った。

「これ食ったら、カノカ長老がみんなを集めて、おまえを俺の友人として紹介するから来いってさ。友達じゃねえけど、そのほうがみんなの警戒心も薄れてロケしやすくなると思うから、そういうことにしときな」

部族の準メンバーのような相手の友人という肩書はなによりの身分保証になると思われ、青山は蛇肉の串を受け取って頭を下げる。

「ありがとうございます。月ヶ瀬さんが身体を張った努力で築いた信用に乗っからせてもらって申し訳ないんですけど、助かります」

やっぱりいろいろ変なところも多いけど、根はいい人なんだと改めて思いながら謝意《しゃい》を伝えると、月ヶ瀬は素っ気なく言った。

「別に、俺もエッカート博士に紹介してもらったし、持ち回りだ。……いいから早く蛇食って食レポでも撮れよ」

いまのは完璧に照れ隠しに違いないとすぐわかったので、青山はクスッと笑って指示どおり自録《じど》りしながら蛇の白焼《しらや》きを齧《かじ》る。

「蛇の肉をいただいてみましたが、ちょっと煙くさい白身魚というか、鳥のささみっぽい感じもします。火の中の黒焦げの蛇の頭さえ見なければ、蛇感なく美味しく食べられます」

一串完食すると、月ヶ瀬は焼きバナナを「これで口直ししな」と差し出してくれた。

熱い皮を串で剝《む》いて口に入れると、生食用とは違う種類らしく、甘味が控えめでホクホクトロッとした食感で美味だった。蛇と違って安心してパクつきながら食レポする。

蛇と焼きバナナのジャングルブレックファーストのあと、リュックに土産の品を詰め直し、虫除けスプレーを全身にかけて長袖シャツとジーンズで武装してキャップをかぶり、月ヶ瀬と村に向かった。

村の撮影はまだ無理でもジャングルの中だけでも撮影しようとカメラを片手に進む。

にょきにょきと生い茂る木々の周りに雫《しずく》をつけたジャングルサイズの大きな羊歯《しだ》が密生し、どこか遠くで金属的な鳥の鳴き声が響く。

あたりにはむせかえるような緑の匂いと花や果実のような甘い香り、湿った土や落ち葉の匂いとなにかが腐《くさ》ったような匂いが入り混じり、密林独特の芳香が漂っている。

周囲の映像を撮りながら、前をいく月ヶ瀬の華奢だが頼りになる背中を見やり、この人と一緒なら、ジャングルの雰囲気は結構好きかもしれない、と青山は思う。

二十分ほど歩くと、かなり広範囲に拓けた集落に着いた。

高床式で屋根はバナナの葉で葺《ふ》いてあり、壁が下半分しかない風通しのいい家が広場を囲うように、建ち並んでいる。

中央は共同炊事場らしく、その隣に建つ屋根と柱だけの集会所のような場所にたくさんのダヌワの人々が集まっていた。

昨日初めてトゥクトゥムたちを飛行場で見たときは、どんな人々かわからずに恐怖を感じてしまったが、いま月ヶ瀬と一緒に予備知識も得た上で相対してみると、大人も子供も男も女も表情に性質の穏やかさが表れているのがよくわかった。

カノカ長老は色とりどりの鳥の羽で作られた大きな被り物を被った六十代くらいの男性で、まず月ヶ瀬と挨拶を交わし、すこし話してから青山に目を向けた。

偏差値によらない知性を感じさせる瞳に歓迎の気持ちが見えたので、青山は緊張しつつも笑顔で「タガイー、ガゼ・マサト」と長老と初対面の挨拶を交わした。

月ヶ瀬の口から、青山が海の向こうから来てみんなと仲良くなりたいこと、十一回目がのぼったら帰ること、日本の仕事でみんなの姿をカメラで撮りたいこと、機械を持って覗いているが、みんなになんの呪いもかからず無事なこと、青山のことは気にせずいつもどおりにしてほしいことなどを伝えてもらう。

お近づきの印《しるし》にみんなで分けて使ってほしい、とビニールシートをしいた上に土産を出し、長老に采配《さいはい》をお願いする。

石鹸とマッチとTシャツは全員分あるが、釣り針と手鏡は男性女性でどちらかひとつをどうぞ、と月ヶ瀬に伝えてもらう。

長老のそばにみんなが集まってきて、品物を選んで受け取ると、青山に「タガイー、ラライラ、マサト」と礼を言って初対面の挨拶をしてくる。

女性はトップレスだが、若いうちから子供を産んで授乳《じゅにゅう》したり、産まなくてもノーブラで過ごすせいか、長く垂《た》れたバストが多く、母や祖母の乳房を触るような労《いたわ》りの気持ちで挨拶させてもらう。

子供はみんなすっぽんぽんで、しゃがんで両頬を撫でると照れくさそうに頬を触り返してくれる。手になにかついている子もいて若干気になったが、可愛いのでスルーして、女の子の短い縮れ毛に蝶《ちょう》結びが上にくるようにリボンを結んでヘアバンドにしていると、大人側でざわざわ揉めているような気配がした。

なにか不備でもあったかと月ヶ瀬に問うと、

「……後のほうに並んだ人が、女性でも釣り針がほしいって人とか、男性でも手鏡がいいって人とか、うまく一致しなくて数が足りなくなっちまって、ちょっと揉めてる」

と困り顔で言った。

普段から喧嘩はしない習慣の人々なので、誰もヒステリックに騒いだりはしていないが、「あっちがほしかった……」的にしょぼくれている人がいる。

平和な部族に揉め事の原因を作ってしまった、と青山は焦る。

長老や周りの人に諭《さと》されて交換している人もいるが、残念そうな人もおり、ログハウスに戻ってなにか私物を持ってこようかとも思ったが、ふと、ポラロイドカメラを持参したことを思い出す。

青山は月ヶ瀬に、

「すいません、鏡の代わりにポラを撮って渡すってどうですかね。すぐ渡せるし、自分の姿見られるし。もう手鏡がないので、もし抵抗なければ写真はどうかと思うんですが」

と提案してみる。

青山はリュックの底からポラロイドを取り出し、「月ヶ瀬さん、ちょっと見本になってください。笑って」とその場でパシャッと写す。

ジーッと出てきたポラの端を持ってヒラヒラ振りながら、フラッシュの光に何事かと目を瞠ってこちらを見ている人々に笑みかける。

白っぽい画像がはっきりしてきて、現れた月ヶ瀬の顔はにこりともしていなかったが、実物の美しさの何分の一かは写しとれていた。

手鏡が手に入らなかった若い男子のそばにいき、月ヶ瀬の写ったポラを見せて、このカメラで撮ると同じようなものを渡せるから、それでよしとしてくれないかと伝えてもらうと、相手はすこし躊躇ってから頷いた。

フラッシュが怖いかもと屋根の外まで連れ出し、日の光の下でポラを撮って渡すと、「ララ
イラ」と笑顔になり、友達や家族に見せて喜んでいるようなので、ホッと安堵する。

これで丸く収まったかな、とカメラをしまおうとしたら、周りで写真を見せてもらった人たちが自分たちも撮ってほしいと言いだした。一人一枚だとフィルムの予備が足りないので、一家族一枚ということで納得してもらい、希望する家族を撮影した。

部族の女性たちが隣の炊事場で食事の支度をしてくれている間、青山は子供たちと折り紙をしたり、英語がわかるトゥクトゥムに通訳してもらってサッカーを教えたり、普段子供たちがやっている槍《やり》投げや弓矢を使った遊びも教えてもらった。

外からの客が珍しいらしく、はじめは興味深そうにもじもじしていたが、好奇心旺盛《おうせい》な子供たちはすぐ懐いてくれ、一緒に遊んでいるうちに食事ができあがる。

集会所の床にテーブル代わりに敷かれたバナナの葉の上に料理が大量に並べられていた。メニューはサゴヤシのパン、ナマズと蛙《かえる》とタロ芋《いも》の煮込み、原型をとどめた野イノシシと猿とコウモリの丸焼き、炒《い》った幼虫の盛り合わせ、バナナとマンゴーが供《きょう》される。

パンとフルーツ以外、ゲテモノのオンパレードで、内心「姉さん」と怖気《おじけ》づく。

でもゲテモノと思う自分の見聞《けんぶん》が狭いだけで、これが真心こもったおもてなし料理なのはよくわかる。今朝は蛇だって食べたし、ロケのために全部笑顔で食べて「ユコユコ」と言わなくては、と気負っていると、隣で月ヶ瀬が躊躇なく幼虫を摘《つま》んで口中に抛《ほう》りこみ、「うめえ」と

本気っぽく呟いている。

「お、美味しいんですか、ほんとに……？」

ヤシの器《うつわ》の中身と、機嫌良く咀嚼《そしゃく》中の美貌の相手を交互に見ながら問うと、月ヶ瀬は断言した。

「超うめえよ。騙《だま》されたと思って食ってみ。カプリコンリュッセルとオオボクトウっていう甲《かぶと》虫《むし》と蟬《せみ》の幼虫なんだけど、ちょっとナッツっぽくてジューシーだぜ。貴重なタンパク源《げん》だし。これを釣《つ》り餌《え》にするとよく釣れるんだけど、おつまみに半分自分で食うし」

「……へ、へえ……、ジューシーなんだ……」

ほんとかよ、とできれば食べたくなかったが、周りの人々も好んで食べているようだったし、長老も「どうぞ、お食べなされ」という視線で見ているので、青山は逃げきれずに一匹摘む。

嚙んだ断面を見たくなかったので一息に口の中に入れて素早く咀嚼した。

じゅわっとナッツ系と言われればそうかもしれないアーモンド風味が口中に広がる。まずくはないが、食感が不気味であまり長く嚙んでいたくない。

ごくんと無理矢理嚥下して、こちらを見ている人々に「ユコユコ」と引き攣《つ》り笑顔で告げると、「よかった、もっと食いねえ」という調子で取り皿がわりのバナナの葉にこんもり盛られてしまう。

『姉さん、どうしよう、親切で貴重なタンパク源をたっぷり分けてくれちゃいました』と内心狼狽えていると、横から「いらねえなら俺が食う」と月ヶ瀬がごそっと引き取ってくれた。

パクパク食べているので、たぶん本気で好物なのと、気を遣ってくれたのが半々だと思われ、「ありがとうございます」と感謝を込めて囁く。

その後ナマズやイノシシも胸焼けするほど盛られたが、苦しくなると隣から「そこが一番うまいとこなのに、残すならくれよ」と月ヶ瀬ががっついているのか男気なのか絶妙にフォローしてくれ、ダヌワ族との初顔合わせの食事の宴《うたげ》は大きなミスなく終えることができた。

使用済みのバナナの葉を燃やしたり、あと片付けを手伝ってから、「お心尽くしの美味しい食事を御馳走《ごちそう》さまでした。今日はこれで失礼します。さようなら」という気持ちを「ユコユコ、ラライラ、サヌー」と三語で表してお辞儀をし、軽くなったリュックを背負って月ヶ瀬と帰りかけたとき、「レン、マサト」と背後からトゥクトゥムたちが追いかけてきた。

昨日飛行場に迎えに来てくれた四人で、青山の土産の番組オリジナルTシャツを早速着てくれている。

その姿を見て月ヶ瀬は片眉を顰め、

「なんだよ、畳《たた》んであったから気づかなかったけど、ばっちり『世界ふしぎガッテン』ってロゴ入ってるじゃねえか。ダセえな」

といちゃもんをつける。

「だって、うちNHKじゃないからロケ予算が潤沢《じゅんたく》じゃないんですよ。でもデザインは悪くないでしょう？　それに蚊対策に薄い色にしたんですよ。ほんとは全七色あるんですけど、蚊は黒や紺とか濃い色に寄ってくるって読んだから、白や黄色や水色とかにしました」

「けど、トゥクトゥムたち、四人お揃いでピンク選んじゃったじゃねえかよ。いいけどよ、男子がピンク着ても」

月ヶ瀬は苦笑気味にトゥクトゥムたちになにか話しかけ、返事を聞くと青山を見やった。

「Tシャツや写真の御礼に、ワニの棲《す》み処《か》にカヌーで連れてってやるって。ジャングルならではの映像撮れるぜ、新米ADの腕でも」

相当小馬鹿にした響きを感じたが、貴重なチャンスなのでありがたく同行させてもらう。

集落からすこしくだったところに川があり、全長八メートルくらいのカヌーが繋いである。舳《へさき》にトゥクトゥムとレトゥ、艫《とも》にディーレとウィト、中程に月ヶ瀬と青山の順で座ると、四人が息の合った櫂《かい》捌《さば》きで茶色い幅広の川を遡《さかのぼ》っていく。

上からジリジリ照りつける太陽で焦げつきそうになりながら、周りの景色をカメラにおさめる。

岸辺に根を張る樹齢が縄文杉《じょうもんすぎ》ぐらいありそうな巨木から、川の中程まで巨人の手のような枝木が伸びていたり、その下で野イノシシの群れが水を飲んでいたり、鮮《あざ》やかな黄色と緑の頭と赤い長い羽の極楽鳥《ごくらくちょう》が飛んでいたり、CGではない本物のジャングルワールドが惜しげもなく流れていく。

月ヶ瀬が「あちぃな」と呟きながら袖で額や首の汗を拭い、ダヌワ語で四人になにか問うと、四人はサッと川面《かわも》を目視《もくし》して同じ返事をした。

それを聞くと、月ヶ瀬は川の水を片手で掬《すく》ってパシャッと顔に向かってかけた。

事前のリサーチで迂闊に川に手や足を入れるとワニに齧られるから、カヌーの外に手足を出さないようにという注意を読んだので、青山は焦る。

月ヶ瀬は平気でもう一度水を掬うと、今度は頭やシャツにかけた。

カフェオレ色の水なのに、相手の顔や髪を濡らす雫《しずく》はキラキラ輝いて見え、綺麗だな、と思わず見惚れる。

……いや、顔は綺麗だけど、この人は美味しそうに幼虫を食べたりする人だし……、とうっとりしかけた自分を慌てて諌《いさ》めていると、月ヶ瀬が振り返った。

「おい、おまえも水かければ？　暑いだろ？」

「……暑いですけど、危なくないんですか？」

「トゥクトゥムたちに聞いたら、この辺にはワニ見えねえって言うから大丈夫」

「え。見えるんですか、この水の中が？　だって泥水じゃないですか」

それはさすがに無理でしょう、と言うと、月ヶ瀬はきっぱり断じた。

「見えるんだよ、彼らには。視力の良さが俺たちとは違うって言っただろ。だから川の中でワニが寝てるかどうかちゃんと確かめて、それを狙うから安全なワニ漁ができんだよ」

「え。マジですか。視力5・0以上ってどうやって推定したのかと思ったけど、この濁《にご》った水の底が見えるって、すごすぎる……！」

ここへ来てから「すごい」と百回は言った気がするが、「すごい」以外に表現のしようがない。

さらにしばらく遡上《そじょう》すると、流木が溜まって流れが緩やかになった場所があり、その川岸に体長三メートルはあるワニが百匹近くびっしり陸に上がって顔をこちらに向けて一列に並んでいた。

「……ひえぇ、怖い……けどすごい……」

まるでずらっと縦に長い鯉《こい》のぼりか、巨大な目刺しのような並び方で、「うわぁ」と繰り返しながら圧巻《あっかん》のワニの甲羅干《こうらぼ》しをカメラにおさめる。

彼らには普通の光景かもしれないが、日本では絶対見られないものを撮らせてくれた四人に「本当にライラ」と礼を言う。

帰りは緩やかな流れに乗って戻れるので、四人は櫂を軽く漕《こ》ぎながら、そばの相手とおしゃべりをはじめた。

よかったら、現地の若者が番組ロゴ入りTシャツを着てくれました、と撮ってもいいか聞こうとしたとき、背後の艫のほうからクスクス忍び笑うような声が聞こえてきた。

なにか面白いことでもあったのかと振り返ると、ディーレがウィトを背中から抱きしめて、うなじや頬に何度も唇を押し付けながら胸元を撫で回し、ウィトも嫌がるでもなくくすぐったそうに相手の顎先にキスしている。

「……え?」

青山は目を瞬き、『姉さん、昨日触ったし、ふたりとも男子なのは確実なんですが、ただの仲良しのじゃれあいを超えたいちゃいちゃに見えるのは気のせいでしょうか』とナレーションしていると、月ヶ瀬に「おい」と耳を容赦《ようしゃ》なく引っ張られた。

痛《い》て、と顔を戻すと、月ヶ瀬が咎めるように睨みながら顔を寄せて声を潜めた。

「プライバシーを尊重しろって言っただろ。なにガン見してんだよ」

「だって、こんな真後ろでチュッチュはじめられたら、つい見ちゃわないですか。……あの、ふたりは友達なんじゃ……恋人同士なんですか?」

動揺しながら小声で問うと、

「どっちもだよ。友達で仲がいいからエロいこともすんの。昨日そういう話してやっただろ」

聞いてなかったのかよ、と叱られる。

いや、聞いてたけど、親愛の情を性的な触れ合いで示したり、恋人だけじゃなく友人とも致したりすると言ってたのは、てっきり男女間の話かと思っていた。

舳にいるトゥクトゥムとレトゥも振り返ってベタベタしている後方の仲間を見たが、至って普通のことらしく、何事もなかったかのようにおしゃべりに戻る。

背後ではどうやら初対面でもないのにタガイー的なことをやり始めている音や気配が窺われ、みんながいるのに大らかすぎやしないか、とひとりで焦っているうちに最初に漕《こ》ぎ出したダヌワの村に戻ってくる。

そういう習慣のある部族で、別に彼らにしてみたら悪いことじゃなく当たり前のことをしてるだけなんだから、俺が慌てることじゃない、と自分に言い聞かせ、平常心を装って礼を言って別れ、月ヶ瀬とまた森を通ってログハウスに向かう。

すぐそばを軋《きし》るような鳴き声をあげてコンゴウインコが飛んでいき、（うわ）と目で追うと、カラフルなインコが止まった枝の先に、木立ちの陰で立ったまま致しているカップルが目に入った。

ぎょっとしてプライバシー保護のために顔を背《そむ》けると、その先では別の同性カップルが木にすがらせた相手の尻に顔を埋《うず》めており、よく見ると森のあちこちで行為に及んでいるカップルが散見《さんけん》される。

どこに視線を向けたらいいのか困って月ヶ瀬の背を見ると、当然気づいていないはずはないと思うが、日常茶飯事だからか、気に留める様子もなく淡々と森の道を進んでいく。

家に戻ると、月ヶ瀬は重ねた大小の鉢《はち》の間に濡らした砂を詰めた気化熱を利用する装置で冷やした水を出してくれた。ありがたく一気飲みしてから青山は質問してみた。

「あの、ダヌワのみなさんは、夫婦や恋人の営《いとな》みを外でするのが一般的なんですか？」

カヌーの中でも平気でしていたし、人に見られることにあまり抵抗がないんだろうか、と思いながら問うと、月ヶ瀬は頷いた。

「ほかにする場所がねえからな。家の中だと大家族でやりにくいし、森がラブホ代わりというか、大抵外でしてる。あと、ダヌワは『結婚』という形態を取らないから、『夫婦』ってわけじゃねえんだ。お互いに相手のことが好きで抱き合いたいと思ったら、そうする。それが同性という場合もあるし、一夫一妻という決まりがないから、両人の同意さえあれば、男も女も複数の相手と交渉を持つし、不倫とか浮気という概念もないんだ。子供ができてもみんなで育てるから、父親が誰かっていうのは重要視されない。近親相姦《そうかん》と初潮前・精通前の子供との行為はタブーだけど、結構なんでもありなんだ」

「……なるほど」

多情とか、貞操観念が緩いとか、自分の常識で考えると理解しにくい感覚だが、愛が醒めても惰性《だせい》で一緒に居続けて、よそで浮気した相手の不貞を責めて泥沼になったりしないし、一夫一妻制なら狩りのうまいイケメンや若い美人の独り勝ちで必ず競争に敗《やぶ》れる者が出るが、乱婚だと誰もあぶれないかもしれないし、ここには別の幸せの形があるのかも。

とにかくこれがダヌワの文化なんだから、部外者がとやかくいうことではないし、ありのまま受け入れよう、と再び悟りを開く。

また日が暮れる前に交替でシャワーを浴び、青山は今度は怒られないようにちゃんとTシャツを着てから風呂場を出た。

昼間のおもてなし料理がまだ胃にもたれており、月ヶ瀬も青山の分まで平らげてくれたので、今日も夕食はパスすることにする。

月ヶ瀬が部屋で仕事をするというので青山も寝室に引き上げた。

蚊取り線香を焚《た》き、蚊帳の中でうつぶせになって昨日と今日のロケ日誌をつけ、撮った映像を確認していると、また天から爆音でスコールが降ってきた。

青山は顔を上げ、ハッと窓を見た。

昼間出かけていたので虫除けネットの穴を確かめる暇がなく、すっかり忘れてそのまま放置していたことに今頃気づく。

窓には雨避けの庇《ひさし》はあるが、戸がついておらず、侵入経路を閉ざすこともできない。

速攻で穴を繕おうかと思ったが、どしゃぶりの雨の中、いままさに毒蛇や毒蜘蛛やサソリが這い寄ってきているところだったら怖すぎる、とゾッとして、青山は数秒迷ってから意を決し、枕を持ってベッドから下りた。

スニーカーを逆さに振ってなにもいないか確かめてから履《は》き、向かいの月ヶ瀬の部屋をノックする。

「すいません、月ヶ瀬さん、入ってもいいですか？」

ドアの下から灯りが漏れていたので、雨の音に負けない音量で伺いを立てる。

「なんだよ」と中からぶっきらぼうな返事が聞こえ、青山は「失礼します」とドアを開けて中に滑り込み、戸を閉めた。

元夫婦の寝室は子供部屋の倍の広さで、中央に大きなベッドがあり、月ヶ瀬は窓辺の机で書き物をしていた。

「お仕事の邪魔してすみません。……なにをされてたんですか？」

「ファルサイから聞いた森の精霊の話の英訳。……なんだよ、夜食の誘いかと思ったら枕なんか持って」

クールな視線で腕の枕を見咎められ、青山は恥を忍んで情けない頼みを口にする。

「……あの、大変お恥ずかしいんですが、今夜、こっちで一緒に寝かせてもらえませんか……？」

「……え」

相手の眉が嫌そうに寄ったのを見て、青山は必死に畳《たた》みかける。

「子供みたいなこと言ってるってわかってるし、ヘタレと思われるのは嫌なんですけど、虫除けネットの穴塞《ふさ》ぐの忘れてて、いまスコール来ちゃったし、また起きたらうじゃうじゃぶっとい蛇とかドデカいゴキブリとか蜘蛛に囲まれてるかも、と思ったら、あっちじゃおちおち寝てらんなくて……月ヶ瀬さんと一緒なら安心なので、どうかお願いします、俺と寝てください」

起き抜けに蛇と対面するくらいなら、ヘタレと思われてもいい、事実だし、と開き直って率直に頼むと、月ヶ瀬はかすかに困惑顔で視線を床に落とした。

しばしの間のあと、相手は青山を見上げてぼそっと言った。

「……えっと、俺、ゲイなんだけど」

「……え？」

相手の答えは「いいけど」か「嫌だ」の二択しかないと思っていたので、唐突な話題転換に青山はきょとんとする。

相手はトロい、と言いたげに眉を顰め、喧嘩腰に言った。

「別におまえとどうこうする気なんてねえし、全然タイプじゃねえし、おまえと同衾《どうきん》してもなんもねえ保証はあるけど、なんかの弾みであとから知って、気色悪いとか、知ってたら一緒に寝たりしなかったとか言われてもムカつくから、先に言っただけ」

「……あ、そうなんですか」

相手の突然のカミングアウトに若干意表は突かれたが、ダヌワの大らかな性風習を知ったあとなので、そうたいした問題とも思えなかった。

どちらかというと、全然タイプじゃないという言葉のほうが何故か胸に引っかかった気がしたが、とにかく今夜アレックスの部屋でひとりで蛇と対峙するのだけは避けたくて、青山はきつい瞳にうっすら不安めいた色を覗かせる相手に言った。

「月ヶ瀬さんがそういう指向でも、気色悪いなんて思わないです。むしろ幼虫をもりもり食べることのほうが若干引くし、蛇のほうが断然気色悪いし、蛇と同衾するより月ヶ瀬さんとのほうが何百倍も同衾したいし、月ヶ瀬さんが嫌じゃないなら、端っこでいいのでベッドに入れてください、お願いします」

ヘタレ上等でがばっと頭を下げて懇願すると、相手はすこし黙ってからプッと苦笑した。

「蛇よりマシって比較対象がひでえな。……わかったよ。しょうがねえから、今夜はこっちで寝な。俺はキリがいいとこまでやってから寝るから」

先に寝てろ、というように顎でベッドを示し、月ヶ瀬は机のほうに顔を戻した。

青山はホッと安堵してもう一度頭を下げる。

「ありがとうございます。すいません、軟弱《なんじゃく》なこと言って」

「もう知ってる、軟弱なのは」

含み笑うように呟かれ、きっと最初に見たのがあんな蛇じゃなくて、もっと二十センチくらいの紐みたいな蛇だったら、こんなにビビらなかったと思うんですけど、と心の中で言い訳しながら蚊帳をめくって中に入る。

余裕で足を伸ばせる広いベッドの端に遠慮がちに横たわり、ちらっと机に向かう相手を窺う。白い蚊帳越しに俯《うつむ》きがちにペンを走らせる横顔を見ていたら、やっぱり綺麗だな、と素直に思った。

綺麗なだけじゃなく、ガラは悪いしゲテモノもいけるけど、逞《たくま》しくて男気があって、人として魅力的だと思う。

ふと、ダヌワ族は同性間の恋愛も普通にあるということだし、月ヶ瀬に惹かれるダヌワ男子もいるんじゃないだろうか、と思った。

性器に触れあう挨拶をする部族と一緒に暮らしてたんだし、一年半のうちに誘われることもあったのでは、ダヌワ男子はいい身体で顔立ちも整った人が多いし、などとぐるぐる考えていたとき、「終わったから、俺も寝るわ」と月ヶ瀬がデスクライトを消し、部屋の電気も消してベッドの反対側から入ってきた。

窓の外より室内のほうが闇が濃い真っ暗な部屋の同じベッドに横たわり、しばし沈黙が流れる。

まだ屋根にダダダダダッと激しい音を打ち付けながら雨が降り続いている。

不意に窓からピカッと派手なストロボが射しこみ、ドーンッと巨木が倒れたような雷鳴が轟《とどろ》いた。

軽く家が振動し、過剰にダイナミックなジャングルウェザーの迫力に飲まれる。

また暗闇に一瞬浮かんだ相手に青山は言った。

「……いま、月ヶ瀬さんと一緒で本当によかったです。あんな雷、もしひとりで聞いたら、うっかりチビったかも……」

正直に言うと、ふっと笑う気配がした。

青山はすこし躊躇ってから、さっきから気になっていることを訊ねてみた。

「……あの、いつもはこんな夜も、ひとりで過ごしてるんですか？　……その、誰か、ダヌワの男性と一緒ってことも……？」

そうだったらなんとなく嫌だな、と思いながら語尾を濁して問うと、相手からビリッと静電気でも発したような怒気《どき》の気配がした。

「……ゲイだって言ったら、男なら誰とでも、調査対象の部族とも寝るに決まってるとか勝手に思い込むなよ」

青山はハッとして、急いで暗闇のベッドの端から相手に這い寄った。

「違います、そんなこと思ってないです。そうじゃなくて、ただ、月ヶ瀬さんはすごく、なんていうか、いままで見たことない感じの魅力がある人だから、きっとダヌワ男子にもモテるだろうなって納得いくし、言い寄られたりするんじゃないかなって思って……」

プライバシーを侵害《しんがい》したことは謝りますけど、誰とでも寝るような人だなんて思ってません、と懸命に言い募ると、相手はやや間を空けてからぼそっと言った。

「別にモテねえよ。それに俺はここでは観察者に徹して必要以上の介入は控えてるし、誰とも関係なんか持たねえよ。薬とか手持ちのもので悪化が防げるときは渡しちゃうけど、基本的にダヌワが自分で編み出した生活世界に外部の要素は加えないほうがいいと思ってるし」

そう聞いて、自分が日本から持ってきた土産類も余計なものだと快《こころよ》く思ってなかったかも、と青山は焦る。

「……すいません、俺、ロケのために手っ取り早く心証《しんしょう》よくしたいとか思って、いろいろ渡しちゃって……」

相手のポリシーに反することだったかも、と恐縮して詫びると、月ヶ瀬は小さく首を振った。

「……いいよ、それは。あって困るもんでもねえし。……おまえの土産より、ほんとは俺のほうがダヌワにとっては役にも立たない不要な異物なんだと思う」

「……え」

月ヶ瀬は暗闇の中、背を向けるように寝返りを打ち、言葉を継いだ。

「今後もっと開発が進めば、ダヌワは森を追われて今と同じ暮らしはできなくなる。街で生き延びるにはダヌワの言葉や文化を捨てて同化しなきゃいけないし、もっと奥地へ逃げても、あと何十年か先には人知れず絶えてしまうかもしれない。彼らの文化や言葉や伝承を記録して残すことに意義はあると信じてるけど、もっと別の存続のための積極的な支援のほうが彼らのためなのかもしれないとも思う。でも俺一人でなにができるわけじゃないし、消えてほしくないって思いながら記録することしかできなくて、すごく無力な気がする」

「……」

自身の抱える葛藤《かっとう》を吐露《とろ》され、青山は相手の背中に向かって言った。

「ただ記録してるだけでも、月ヶ瀬さんの存在自体にバタフライ効果があるんじゃないでしょうか。小さな羽ばたきがいずれ大きな竜巻に変わるみたいに、月ヶ瀬さんがここでしていることがトゥクトゥムや下の世代に影響を与えて、生き残りの道に繋がっていくかもしれないし。それに最初に接した外部の人間がエッカート博士や月ヶ瀬さんだったことも、ダヌワにとってラッキーだと思います。センセーショナルな論文を発表するために、わざと武器を渡して部族間の抗争を煽《あお》って殺戮《さつりく》させた学者もいるって資料で読みました。そんな人じゃなくて、ちゃんとダヌワを好きで守ろうとしてくれる研究者のことを、不要な異物なんてみんな思ってないですよ。出会えてよかった大事な友人だと思ってると思います」

それは今日部族の人達に溶け込んでいる月ヶ瀬を見て実感したことだったたし、大きな援助じゃなくても、ダヌワの森の外にも世界があると示すだけでも意味があるはずだから、迷わず続けていいのでは、と応援したかった。

しばらく大雨と雷の音だけが続き、寝ちゃったのかな、と思ったとき、月ヶ瀬が言った。

「……おまえも、ダヌワのいい友人になれんじゃね。もう子供たちとはいい感じに通じ合ってたし。大人も明日から普通にロケさせてくれると思うよ」

珍しく皮肉抜きのお墨付き《すみつ》をもらえて、ありがとうございます、と言いかけると、

「おまえ、なんでテレビの仕事選んだの？　別にすごく知りたいわけでもねえけど」

と可愛くない断りを添えて訊いてくる。

相手に小馬鹿にされそうな志望動機なので、青山はやや躊躇ってから早口に言った。

「ドラマっ子だったって言ったと思うんですけど、すごくハマった恋愛ドラマがあって、自分でもそういうのを作ってみたいなと思って、そのドラマを制作したのが『スカイハイ』だったんです」

「へえ。でもドラマじゃねえじゃん、『ふしぎガッテン』て」

苦笑気味の声で突っ込まれ、青山も苦笑する。

「そうなんです。配属希望が叶わなくて。でもこの先チャンスはあるかもしれないし、この仕事も会う人すべてに本物のドラマがあるから、こっちも楽しいです」

ふうん、と素っ気なく呟いて、月ヶ瀬は身体の向きを変えてこちらを向いた。

「俺、ドラマとかあんまり見ねえから、知らねえかもしんねえけど、なんてドラマ？　おまえが好きなのって」

普通の会話が続いていることを意外に思いつつ、いつもこんな風に話が続けばいいのにな、と思いながら答える。

「『東京ラブストーカー』です。遠恋の純愛物で、脚本も配役もいいし、ロケハンすごい頑張ったんだろうなっていう凝《こ》った場所での告白とかすれ違いとか名シーンの宝庫で、憧れのドラマなんです」

熱く解説すると、相手はまたふっと笑った。

「『ストーカー』なのに純愛ってよくわかんねえ。けど、それ、たしか妹も見てたかも」

妹さんの話は地雷なのでは、と内心思ったが、相手が話題にしたので返事をしないわけにもいかず、なんとか無難な返事を考える。

「オバケ視聴率のドラマだったから、見てたかもしれませんね。……えっと、ふたり兄妹の妹さんがご結婚されたら、おめでたいことだけど、兄としてはちょっと淋しいのかなって……俺はひとりっ子なので想像ですけど、もし仲のいい姉がいたら、結婚した義理の兄にちょっと嫉妬とかするかもしれません」

想像上の「姉さん」で考えてもなんとなく盗《と》られるような気がしそうだったので、シスコンらしい月ヶ瀬も妹の結婚相手に思うところがあるかも、と共感的に言ってみる。

相手はまた寝てしまったのかと思うほど長い間のあと、ぼそっと言った。

「……どっちかって言うと、俺は妹に嫉妬したかも……」

「……え?」

言葉の意味がすぐに飲み込めず、青山は黒い影になった相手の表情を目を凝らして窺う。

月ヶ瀬はクッと自嘲的に笑い、くるっとまた背を向けた。

「……なんで俺、こんなことおまえに言っちゃってんだろ。関係ねえ奴に聞かすようなことじゃねえし、誰にも言ったことねえのに。……友達でもねえし、昨日会ったばっかだし、ヘタレだし、もうすぐいなくなる奴なのに」

殊更《ことさら》無関係だとあげつらうような言い方になぜか胸が軋《きし》み、「いいじゃないですか、それでも」と青山は低く言った。

「もうすぐいなくなるけど、いまはいるじゃないですか。友達じゃなくても、日本語が通じる相手だから、ちょっと話したくなったってだけでも別にいいじゃないですか。聴くくらいできますよ、ヘタレの若造にも」

珍しく反抗的に言い返した青山に戸惑ったように、「……別にそんなたいした話じゃねえし」と相手はぼそぼそ言う。

「じゃあ、余計話したっていいじゃないですか。たいしたことない話なら、昨日今日会った奴に話しても問題ないでしょう」

重ねて食い下がると、月ヶ瀬はヤケのような喧嘩腰で言った。

「だから、妹の結婚相手が、俺がずっと片想いしてた初恋の幼馴染だったたってだけだよ。ふたりはそんなこと欠片《かけら》も知らねえし、おまえにだって『だからなに？』って話だろ」

自虐的なトーンがまだ癒《い》えていない傷を感じさせ、青山はしばし黙ってから口を開いた。

「……『だからなに』なんて、そんな冷たい言い方しませんよ、俺は。だってそれ、すごくたいしたことある話じゃないですか……」

ひそかにずっと想っていた相手がほかの女性と結婚してしまうのはゲイの人なら経験することかもしれないが、その相手が、ふたり家族できっと絆《きずな》も強いはずの妹では、逆恨みして憎んだりすることもままならないし、幸せなふたりの前でいい兄といい親友の顔をするのがキツくて、こんなところまで逃げてきたのかも、と察せられた。

月ヶ瀬は同情されるのを厭《いと》うようにつっけんどんに言った。

「……別に、もういいんだよ。普段は忘れてるし、そんなことうだうだ考えてる暇もねえのに、おまえが来ていろいろ思い出させるようなこと言うから悪いんだろ」

「……すいません」

故意ではないが何度も地雷を踏んでしまった自覚はあるので、八つ当たりめいた非難を甘んじて受ける。

相手は背中越しに話を打ち切った。

「もういいから寝ようぜ。……おまえのキャラ的に、気ぃ遣ってなんか慰めの言葉でもかけなきゃとか思いそうだけど、そういうのいらねえから。もう終わったことだし、帰るまで、俺の性癖にも失恋にも一切触れるなよ」

「……わかりました」

別に気を遣って心にもない慰めを言いたいわけではないが、相手にとっては触れないほうが優しさだというならそうしようと思った。

激しく降り続く雨音が耳につくせいか、月ヶ瀬の初恋相手のことが何故か気になるからか、しばらく寝つけずにいると、隣から規則的な呼吸が聞こえてきた。

相手の影を見つめ、青山はそっと片手を伸ばして起こさないようにちょんちょんと相手の頭

を撫でる。

起きているときは慰めを受け付けてくれないので、せめて寝ているうちに慰めたかった。

初恋相手のことを「普段は忘れている」というが、それは「たまには思い出す」ということだろうし、「もう終わった」というのもただの強がりのような気がした。

でも、いくら初恋を引きずっても、もう相手は妹のものでどうにもならないんだから、なんとか想いにケリをつけて、帰国するときには心の整理がついているといい、と相手のために思う。

彼にとってせめてもの救いは、この地に降る雨が失恋の感傷を誘うようなしとしとした涙雨じゃないことかも、と爆音の雨音を聞きながら青山は思った。


*****

翌日から、毎日村へ通って終日ロケをした。

迫力のピラルク漁に同行して、釣れた体長二メートルの怪魚を料理するところまで撮らせてもらったり、傷《いた》んできた家の建て直しや新しいカヌーをみんなで作るところや、食べた動物の骨でテペを作るところ、獣皮《じゅうひ》で楽器を、牙《きば》や歯を削《けず》ってブレスレットを作るところや、具合の悪い人にシャーマンが薬草の煎《せん》じ汁を飲ませて祈禱《きとう》をするところなどを了解を得て撮らせてもらった。

森や池のほとりで大らかに営《いとな》んでいる画《え》はゴールデンにそぐわないので自主規制し、そのほかは月ヶ瀬《つきがせ》とトゥクトゥムが一緒に来て通訳してくれるので撮影はスムーズに進み、村人たちの名前もすこしずつ覚えた。

密林や川岸での撮影ではどんなに防虫に努《つと》めても霞《かすみ》のようにいる蚊《か》にどうしても刺されてしまい、週一回服用のマラリア予防薬の大きな錠剤を飲んで効果を祈る。

月ヶ瀬がコマラワのベースに毎日入れる無線連絡の際、入院中の漆畑《うるしばた》の経過を聞いてもらうと、脱走もせず順調に回復していると聞いてほっと胸を撫で下ろす。

ダヌワ生活にも慣れてきた七日目の朝、梅干しのおにぎりと味噌汁《みそしる》、缶詰の鯖《さば》の味噌煮、わさび醬油《じょうゆ》をかけたトマトとシーチキンのサラダを並べると、月ヶ瀬はクールな表情のまま口角《こうかく》だけ三ミリほど上げた。

よし、今日も喜んでる、と満足して一緒に食べようとしたとき、ドアをノックする音がした。

「マサト、ポイドー」とトゥクトゥムの声がドア越しに聞こえ、俺を名指しって珍しいなと思いながら青山《あおやま》は席を立ってドアを開けた。

トゥクトゥムと頬を寄せて尻を触りあう挨拶《あいさつ》を交わすと、片言の英語で相手が言った。

『マサト、僕はプリビーニャと来た』

『あ、そうなんだ』

庭に目をやると、ダヌワの少女が短い髪に青山があげたリボンをつけ、青くて綺麗な大きな卵を両手で抱えて立っていた。

よくロケ中に後ろからついてきてニコニコしている美少女で、「ポイドー、プリビーニャ」と笑顔で声をかけると、相手ははにかむように「ポイドー、マサト」と階段下までやってきた。

降りてお尻触らなきゃダメかな、と迷っていると、トゥクトゥムが続けた。

『マサト、プリビーニャはマサトに卵をプレゼントしたい。もしマサトがもらう。そしてふたりは森に行く』

『え？　どういう意味？』

初期のＡＩが作った文章みたいな脈絡の不明さにきょとんとして聞き返すと、背後に来ていた月ヶ瀬が素っ気《そけ》ない声で意訳した。

「プリビーニャはおまえが好きで寝たいって誘いに来たんだよ。結構本気のプレゼントだぜ。ヒクイドリの卵、取ってくんの大変だし」

「……え」

翡翠色《ひすいいろ》の卵とニコッと笑うプリビーニャの顔から月ヶ瀬に目を戻し、青山は「いやいやいやいや」と焦って両手と首を振る。

「だって、マズいでしょう、そんなの。まだ十三、四ですよね、彼女は。淫行罪《いんこうざい》じゃ……じゃなくて、成人しててもダメだけど」

青山が拒否している雰囲気を感じ取り、プリビーニャは大きな瞳を曇《くも》らせた。

仲介《ちゅうかい》の労《ろう》を取ったトゥクトゥムも女友達のためにさらに言葉を添える。

『マサト、プリビーニャは言った、マサトが挨拶で胸や尻触ると、走ったときより心臓がドクドクすると。そしてそれは初めてだと。マサトはプリビーニャが嫌いか？』

『いや、嫌いじゃないんだけど……』

青山は困って数秒言《い》い淀《よど》んでから、トゥクトゥムを連れて階段下に降りた。

彼女に通訳してくれるように頼み、身を屈《かが》めて目を合わせながら言った。

『プリビーニャ、好きって言ってくれてほんとにありがとう。でも俺、仕事でここに来てるから、誰ともそういうことはしちゃいけないんだ。ごめんね。嫌いとかじゃないから、そこはわかってね。ほんとに気持ちは嬉しかったよ』

リボンをつけてきてくれたことも乙女心を感じて嬉しかったので、髪をぽんぽんと撫でて「ラライラ、サヌー」と言うと、プリビーニャはじわりと瞳を潤《うる》ませて、ダッと身を翻《ひるがえ》して森に駆けて行ってしまった。

……振ってしまった、せっかく部族民じゃないのに好きになってくれたのに。ちょっと泣かれちゃったけど、しょうがない、応《こた》えられないし、と思いながらプリビーニャの消えた森を見ていたら、後方の頭上から冷ややかな声が降ってきた。

「そんな惜しそうに見送るくらいなら、見栄張らずに追っかければ？」

「……え？」

棘《とげ》のある声に振り仰ぐと、月ヶ瀬が睥睨《へいげい》するように顎《あご》を反《そ》らして見おろしながら続けた。

「ここじゃ淫行罪には問われねえし、彼女も望んでんだから、寝たって誰も咎《とが》めねえよ。ダヌワは子供が出来ても責任取って結婚しろとか言わねえし、どうせおまえはすぐ帰って二度と来ねえんだから、後腐《あとくさ》れなくヤリ逃げしちゃえば？」

ダヌワ贔屓《びいき》の研究者とも思えない暴言に青山は目を剝《む》く。

「なんでそんなひどいこと言うんですか？　誰も惜しそうになんか見てないじゃないですか。泣いちゃったから悪いなって、あんまり傷つかないでほしいなって思っただけで、見栄なんか張ってないし、ヤリ逃げとか、そんなひどいこと、俺がするわけないじゃないですか！」

あんまりな言いがかりに食ってかかると、月ヶ瀬もきつく睨みながら喚《わめ》いた。

「充分ひどいことしてるだろうが！　振るなら、ドきっぱり容赦《ようしゃ》なく振れよ！　恋人いねえとかモテねえとか言っといて、あんなのタラシの手管《てくだ》じゃねえかよ！　『好きになってくれてほんとに嬉しかった』なんて優しく頭ぽんなんかしやがって、どうせ振るのになんでそんな思わせぶりなことすんだよ！　諦めきれなくさせるだけだろ！　ダヌワ娘の純情弄《もてあそ》ぶんじゃねえよ、このタコ！」

前にも似たような罵声《ばせい》を笑顔でお見舞いされたが、今回は言行一致《げんこういっち》の喧嘩腰で怒鳴られ、「俺はタラシじゃないし、弄んでもいないし、タコじゃない！」と言い返そうとしたとき、トゥクトゥムが当惑顔で言った。

『ちょっと待って。どうしてレンとマサトは喧嘩してる？　仲悪いのか？　喧嘩はいけない』

その声に青山と月ヶ瀬はハッとして口を噤《つぐ》む。

トゥクトゥムの存在を忘れて売られた喧嘩を買ってしまったが、ダヌワは争いを好まない部族で、不機嫌さや険悪な空気をいつまでもおさめない人間は自分の感情も律《りっ》せない低級な無作法者とみなされる。

月ヶ瀬はトゥクトゥムに作り笑顔を見せ、

『違う、仲悪くないよ。ちょっとプリビーニャのことで話し合おうとしたら、意見が合わなかっただけ。大きな声出してごめん』

と取《と》り繕《つくろ》う。

本当か？　とトゥクトゥムは青山にも視線を向けてくる。

いや、話し合いじゃなく一方的に暴言吐かれて因縁《いんねん》つけられたんだ、と言いたかったが、穏和で賢いトゥクトゥムを心配させてもいけないので、青山も小さく頷く。

トゥクトゥムはホッと笑顔になり、

『じゃあ喧嘩は終わり。でも怒ったら、謝らないといけない。レンはマサトとパタエカしなければいけない』

と言った。

なんだそれ、と初耳のダヌワ語に目を瞬《しばた》くと、月ヶ瀬が狼狽《ろうばい》気味にトゥクトゥムに弁解した。

『いや、だから、喧嘩してないから、仲直りしなくても大丈夫なんだよ。俺どマサトは仲いいんだ、ほんとは』

『でもレンが先に怒った。そしていっぱい怒った。マサトは後で怒った。レンがマサトに尻を任せなければいけない』

「……え?」

いま、尻とか言った気が……と怪訝《けげん》な顔で月ヶ瀬を見ると、ひどく気まずい顔で視線を逸《そ》らされた。

トゥクトゥムは『レン、早く。マサトに謝らないと子供のようだ』と促《うなが》す。

それでも月ヶ瀬が唇を嚙んだまま動かずにいると、トゥクトゥムは眉を寄せ、青山の腕を取って階段を上り、月ヶ瀬の前に立たせた。

『レン。怒ったのにパタエカしないと悪い精霊がやってくる』

トゥクトゥムが諭《さと》すように言うと、月ヶ瀬はあからさまに嫌そうに背を向けた。

「……あの、『パタエカ』の意味、俺聞きそびれてると思うんですけど、どういう意味でしたっけ……?」

小声で問うと、月ヶ瀬が肩越しに恨みがましい視線を向けながら言った。

「いま実地で教えることになっちまったよ。『パタエカ』は喧嘩ふっかけたほうが相手に素股《すまた》させて仲直りするダヌワの風習だ」

「……え？」

素股？　と唖然とする。

けど、そういえば、ダヌワでは小競《こぜ》り合《あ》いになりそうなとき、疑似性交して険悪な雰囲気を和《やわ》らげると前に聞いたような気もする。

でもそんなこと、この人としていいのか、と動揺して固まっていると、

「いいから早くやれよ！　素股知らねえのかよ！　俺の腰摑んで、おまえの股間押し付けてズコズコするフリしろって言ってんの！　恥ずかしいから詳しく言わせんな！　……って怒るとまた俺が悪い精霊に呪われるってトゥクトゥムが心配するだろ！」

と逆ギレされる。

「あ、はい。じゃあ、あの、失礼します……」

ほんとにいいのかな、と狼狽しながら近づき、相手の腰をそろっと摑む。

見た目も華奢《きゃしゃ》だと思っていたが、触れてみるとさらに細くてひそかにドキッとした。

ちら、とトゥクトゥムに目をやると、そうそう、という顔で微笑まれる。

ＧＯサインをもらってしまい、遠慮がちに薄い尻に触れるか触れないか程度に腰を当てると、

相手は階段の手すりを両手で摑み、すこし尻を突き出してきた。

それがダヌワ式作法なのだと思っても、普段暴君のような相手に従順な服従ポーズを取られたら、この状況に困惑しつつも妙な興奮も覚えてしまう。

相手は仕方なさそうにゆるゆる尻を動かし、ダヌワ式仲直りの仕草をしてくる。

嫌々でもそんな風に擦りつけられたら、ますます妙な気分になってくる。

だって、この人は男だけどすごく綺麗で、喧嘩さえ売ってこなければ尊敬できる素敵な人だと思ってるし、そんな相手と密着して疑似性交めいたことをして、平常心でいろと言われても無理だろ……と自己弁護する。

マズいと思っても、布越しにもどかしい刺激を与えられ、そこに血が集まってきてしまう。

どうしよう、と焦《あせ》っても反応してしまう股間の隆起《りゅうき》に相手も気づいたようで、一瞬動きが止まる。

が、月ヶ瀬は俯《うつむ》いた耳たぶを薄赤くしただけで、咎めたり邪険に振り払ったりせず、再び小さく腰を揺すりだす。

青山はコクリと唾《つば》を飲み、そっと添えるように当てていた手指に力を込めて相手の腰をぐっと摑む。

こうしてもいいんだ、いまは許されるんだ、そもそもこの人が俺にこんなことされてもしょうがないことをしたんだから。ひどい暴言で喧嘩売ってきたお詫《わ》びの行為なんだから、遠慮しなくていいんだ。いまだけこの人は俺に逆らえず、俺が勃起したって文句も言わずに続けてくれるんだ、と思ったら、身体が勝手に動いた。

青山は相手の腰を引き寄せ、強く股間を擦りつける。

「……っ」

ビクッと震えた相手に躊躇せず、布越しの尻のあわいに硬くなった前立てをねじこんでぐりぐり押しつける。

「ちょ、なに……おまえは動かなくていいって……っ」

狼狽えた声を出されても、華奢な尻に擦りつける動きを止められなかった。

あとでどんな目に遭わされるかと思いつつ、いまはどうしてもやめたくなくて、腰を振りながら身を倒し、甘そうな赤い耳介《じかい》を軽く食《は》む。

「あっ……！　ちょ、こらっ……！」

首を竦《すく》めて咎められ、青山は小さく息を上げながら耳元で囁く。

「……だって、俺たち、ほんとは仲いいんでしょう……？　さっき、そう言いましたよね……？　ダヌワでは仲がいいと、エロいことも普通にするんですよね……？」

だから間違ってない、と理論武装して、相手のうなじに吸いつきながら腰を振りたてる。

布を隔《へだ》てず直《じか》に挟んでもらえたら、と妄想しただけでボトムの中に達してしまいそうになる。

背後から重ねた腰を激しく揺すっていたら、月ヶ瀬がふいに振り向いて片腕でぐっと青山の首を引き寄せ、そのまま唇を押しつけてきた。

（……え？）

まさかのキスに驚いて動きを止めた一瞬後、相手はサッと身を翻《ひるがえ》して青山の拘束《こうそく》から逃れ、赤く染まった顔でトゥクトゥムに早口に言った。

『もう仲直りは済んだから。じゃあまた』

目を合わさずに言い捨て、バタンと家の中に入ってしまう。

しまった、途中からトゥクトゥムが横にいることも忘れてとんでもないことを……と今頃我に返って羞恥《しゅうち》と自分への信じられなさで悶絶《もんぜつ》しそうになる。

トゥクトゥムはにこやかに、

『よかった、パタエカして喧嘩は終わり』

と無事仲裁《ちゅうさい》できて安堵したように「サヌー」と森へ帰っていった。

青山はいま起きたすべてのことに混乱して、しばしその場に立ち尽くす。

……なんで俺、あんなことしちゃったんだろう……。

……それにあのキスは、一体どういう意味なんだろう……。

かぁっと顔を赤らめながら唇に触れる。

全然嫌じゃなかったし、むしろもっと長くしていたかった……と思った自分に青山はハタと固まる。

……そんなこと思っちゃダメだろ。あの人は男だし、相手はゲイだけど俺は違うし。パタエカしろと言われて、ダヌワの地にいるから、同性とそういうことをしてもおかしくないとダヌワナイズされて、うっかり興奮して前まで勃っちゃっただけだ。

あの人のことは初対面から印象最悪だったし、偏屈《へんくつ》で素直じゃなくてすぐ喧嘩売るし、口は悪いし虫も食べるし、ドン引くところが多すぎて、恋愛的に好きになるなんてありえない。そりゃ、いいとこもあるし、尊敬できるところもあるけど、恋なんかするわけない。

失恋話を聞いたとき、本当は寝ている相手の頭を撫でるだけじゃなく、抱きしめて慰めたいような気がしたのも、ダヌワに来て、周りでやたらスキンシップが多いから、つられてそんな気持ちになっただけだ。

……もし万が一、これが恋だとしても、叶うわけないし……。

あの人はまだ初恋をこじらせてるし、俺のことはタイプじゃないと断言されてるし、ボケだのタコだのトロいだの言われまくってる俺が告白したところで、「……ふうん。で?」と取り付く島もなく振られる様が見てきたように目に浮かぶ。

きっとさっきのキスも、俺に歯止めもきかずに腰動かされて、首や耳まで舐《な》められて、気色悪くて、早く解放されたくて非常手段を取ったのかも。キスの直後に脱兎《だっと》のように家に逃げ帰っちゃったし……。

好意のキスのわけがないし、今頃無線でエアタクシー呼んで追い返そうとしてるかも……。

でもまだロケは五日残ってるし、早く謝って機嫌を直してもらって、もうしくじらないようにしなくては。

今度余計なエロ系のミスをして怒らせたら、局所を弓矢で射《い》られたり、鉈《なた》でちょん切られる怖れもある。

青山ははぁと溜息をつき、ドアを開けて中に戻る。

朝食が手つかずでテーブルに残っており、あんなに食い意地張ってる人が食べないなんて、よっぽど怒ってるのかな、と怯《ひる》みながら相手の部屋の前に立ち、ドアをノックした。

「……月ヶ瀬さん、いますか？」

平静を装《よそお》って問うと、「……なんだよ」とつっけんどんな返事が返ってくる。

ドア越しのほうが話しやすいかも、と青山は開けないままドアに向かって言った。

「あの、さっきはすいませんでした。……その、あれくらいやったほうが、トゥクトゥムがフリじゃなく本気で仲直りしたと思ってくれるんじゃないかと思って、リアリティを出すためについ……でもやりすぎました。反省してます」

リアリティを出すために勃起までしたのか、とつっこまれないことを祈りつつ弁解する。

相手はすこしの間のあと、ぼそっとドア越しに言った。

「……俺も、あのキスは、それくらいしたほうが、トゥクトゥムが納得するかと思ってしただけで、男にキスなんかされてキモかったと思うけど、深い意味はねえから忘れてくれ」

やっぱり俺とキスしたくてしたわけじゃないに決まってるよな、と自嘲しながら頷く。

「……わかりました。でも全然キモくなんかなかったです。俺のほうがキモいパタエカしてすみませんでした。忘れてください」

相手はまたしばし黙ってから、ドア近くまで歩いてくる気配がして、ドア前で足を止めて言った。

「……元はと言えば、俺がおまえにも、プリビーニャに対しても、ひどいこと言ったせいだから。……ヤリ逃げすればいいなんて全然思ってねえし、ほんとにするって言ったら殺すのに、けしかけるようなこと言って絡《から》んで悪かった」

ちゃんと不当に絡んだ自覚があるのか、とやや目を見開き、青山は微苦笑して首を振る。

「……あなたが殺すとか言うと、比喩《ひゆ》じゃなく、ほんとに鉈や弓で殺《や》られそうで怖いから、やめてください。もういいです。それにもう仲直り済んでるじゃないですか、ダヌワ式の」

相手も反省して、やりすぎたパタエカについて不問にしてくれるようなので、ホッとしながら「ご飯、食べませんか」と促《うなが》すと、月ヶ瀬はすこし躊躇うような間をあけてからドアを開けて廊下に出てきた。

珍しくしおらしい表情で長い睫《まつげ》を震わせるように見上げられ、ドキリと鼓動が跳ねる。

いや、だから、この人は黙ってれば綺麗だから、つい……とひとりで言い訳していると、

「……ダヌワ式じゃない喧嘩の謝り方を思いついたんだけど、ジャングルを片道二時間歩く気

あるか？　俺の気に入ってる場所に案内してやろうかと思って」

相手の歩み寄りの提案が嬉しかったので、青山は「是非お願いします」と笑顔で頷いた。

朝食後、ふたりでジャングルハイキングに向かった。

ところが、そのルートがとんでもなく、いつもダヌワの村へ行くときに通るような歩きやすい道ではなく文字通り道なき道で、前を歩く月ヶ瀬が鉈で生《お》い茂る草木をぶった切りながら進むデスロードだった。

「……まさに『僕の前に道はない、僕の後ろに道はできる』って感じですね……」

落雷や突風で倒れた巨木で道は何度も塞《ふさ》がれ、一メートルはある倒木《とうぼく》をよじ登って向こう側へ降りると、ずぼっと沼地に嵌《はま》って膝まで泥まみれになったり、ハードすぎるハイキングだったが、ぜえはあしながら辿《たど》りついた先は夢のような場所だった。

魔女の家に生《は》えていそうな曲がりくねった大木の枝からびっしり下がる厚いカーテンのような蔦《つた》を「この中、見てみ」と月ヶ瀬が企《たくら》み顔で開帳すると、奥には陽光を受けて煌《きら》めく泉があり、取り囲む木々から真っ赤な野生蘭《らん》が滝のように咲き乱れ、無数の青い蝶《ちょう》が止まっている。

「……うわぁ……」

あまりの美しさに言葉もなく見惚れる。

月ヶ瀬は感嘆する青山にドヤ顔を向けた。

「綺麗だろ。ちょっと来るのが大変だけど、苦労しても来る価値あるだろ？」

青山はがくがく頷く。

「こんな綺麗な場所、見たことないです。『ちょっと』どころじゃなく来るの大変だったけど、来れてよかったです。ありがとうございます、お気に入りの場所に連れてきてくれて」

素直に礼を言うと、月ヶ瀬はふっと笑う。

「前に好きなドラマが名シーンの宝庫だって言ってただろ。いつかおまえがドラマ撮るとき、ここを告白シーンに使えば？」

「……」

片手に鉈を握って膝まで泥だらけなのに、そう言って微笑する相手が綺麗すぎて、青山の胸がぎゅっと疼《うず》く。

……やっぱり、俺はこの人のことが、好きみたいだ。いろいろ誤魔化《ごまか》しても、もうダメみたいだ、と青山は観念する。

ドラマじゃなく自分がこの素敵な場所で告白したかったが、即答で振られるのも切ないので、青山は笑みを作って頭を下げる。

「……ありがとうございます、ロケハンに協力してくださって。最高のロケーションで名シーンが撮れそうですけど、キャストとスタッフがここまで来るの難しいかも」

まるで相手の美しさを引き立てるために誂《あつら》えたセットの中にいるような月ヶ瀬を見つめ、もしいつか恋愛ドラマに携《たずさ》われる日が来ても、この場所は誰にも言わず、自分だけの夢の告白場所にとっておこう、と青山は思った。

＊＊＊＊＊

恋心を秘めたまま仕事に徹して数日経った満月の夜、ダヌワの村では祭りが開かれた。

毎月満月の日は昼間ワニ漁をし、夜は御馳走《ごちそう》を作って篝火《かがりび》を焚《た》き、飲めや歌えやの祭りをするならわしだという。

仕留めた体長四メートルのワニを組んだ木に乗せて火をつけ、バナナの葉を乗せて四時間焼いたワニの丸焼きがメイン料理で、ほかにもたくさんの料理と酒が用意される。

広場の中央に焚かれた火を囲んで輪になって老若男女が歌い踊る様を青山《あおやま》も移動しながらカメラで追う。

祭りの日は皆ベニノキやチブサノキの実から採れる染料で顔や身体に赤や青のペイントを施《ほどこ》し、骨のブレスレットやアンクレットをたくさんつけておめかしする。

声のいい歌い手や太鼓の名手が独特の節回しで祭りの歌を奏《かな》で、みんなも歌ったり踊ったり、飲んだり食べたり、笑ったりしゃべったりして楽しい祭りの夜は更《ふ》けてゆく。

そしてダヌワらしく、踊りの輪から誘いあって抜けては森へ消えていくカップルが何組も見られ、祭りの夜はいつにもましてお盛《さか》んだな、と思いながらダヌワダンスを撮っていると、バッテリーが切れそうで、予備を持ってき忘れたことに気づいた。

祭りの終わりまで撮るつもりだったので、ログハウスに取りに戻ろうとして、一応月ヶ瀬に断ってから行こうと目で探すと、広場の向こうでワニ肉をはぐはぐ食べている姿を見つける。まだ食べてるよ、と苦笑してそちらに足を向けたとき、トゥクトゥムが「レン」と声をかけ、森を指差して月ヶ瀬になにかを頼むような仕草をした。

月ヶ瀬は笑って頷き、ワニ肉をそばにいた犬に与えてトゥクトゥムと並んで歩きだす。

……え？　と青山は目を見開き、横《よこ》っ面《つら》を張られたような気分になる。

あのふたりは、これから森へ行くんだろうか。

祭りの夜は無礼講《ぶれいこう》で、老いも若きも夜が更けるまで求め合うらしいが、月ヶ瀬はダヌワの誰に誘われても寝たりしないと言っていたのに、いともあっさりトゥクトゥムの誘いを受けたように見えた。

……どうしてだよ、と裏切られた気持ちで青山は踊る人々で見えなくなった二人の消えた方向を呆然と見つめる。

……いや、どうしたもこうしたも、禁を破ってもいいと思うほど、トゥクトゥムを好きだからじゃないのか。誰とでも寝るわけじゃないと言っていたし、一年半ずっと助手として毎日一緒にいるし、以前はひとつ屋根の下で暮らしてたんだし。トゥクトゥムは村で唯一英語を覚えた賢い子だし、性格も優しい。報《むく》われない初恋相手から鞍替《くらが》えするなら、トゥクトゥムがいいとお眼鏡にかなったのかも。

青山は急に襲ってきた気分不快に眉を顰《ひそ》める。俺に咎《とが》める権利なんかないのに、嫉妬で吐きそうになるなんてバカみたいだ……と自嘲して、集会所の隅に置いたリュックから懐中電灯を探し、ログハウスまでひとりで戻る。

頭がガンガンして口の中が渇き、どこを歩いているのかもわからないほどの強い眩暈《めまい》を堪《こら》えながら歩く。

俺、自覚なかったけど、すごい嫉妬深い質《たち》だったんだな、胸だけじゃなく節々《ふしぶし》まで痛むほど月ヶ瀬さんがトゥクトゥムを選んだことが辛いなんて……と思いながらなんとか家まで辿《たど》りつき、ドアを開けて一歩踏み入れた途端、青山は力尽きてその場に昏倒《こんとう》した。

どのくらい経ったのか、燃えるように熱い身体を動かすこともできずに床に倒れ伏していた青山の頭上から、「おい、どうした」と焦った声がかかり、額に触れるひんやりした手の感触に薄目を開ける。

「……月ヶ瀬さん……」

いままでトゥクトゥムと一緒にいたんですか、好きなんですか、調査対象とは恋しないって言ったじゃないですか、俺じゃダメですか、俺だってあなたが好きです、と言いたいことは渦《うず》を巻くのに、眩暈と熱でうまくしゃべれない。

朦朧《もうろう》とする意識の中、細腕なのに強い力で引き起こされ、ベッドに寝かされるのがわかった。

次いで水や薬を飲まされ、額に冷たいタオルを乗せられる。

熱と吐き気と頭痛で薄れがちな意識の中、月ヶ瀬がトゥクトゥムや、顔のない初恋相手らしき男と絡み合う不快な幻覚を見て魘《うな》される。

熱が下がりはじめると、一転してどんどん冷えていき、凍《こご》えそうな寒けに襲われる。

経験したことのない高熱からの歯の根の合わない激しい悪寒《おかん》に「……俺、このまま死ぬのかな……」と思わず呟くと、「死なねえよ。死ぬ奴もいるけど、俺がついてんだから、絶対死なせねえよ」と怒ったように言われる。月ヶ瀬は家中の布団をかけてくれ、添い寝して抱きしめて自分の体温までわけてくれた。

また発熱して汗だくになると身体を拭《ふ》いて着替えさせてくれたり、お粥《かゆ》や薬を口に入れてくれたり、目を覚ますといつも相手の顔があり、「大丈夫だから寝ろ」と優しい命令調で言われると、熱と悪寒に交互に苦しめられながらも安心できた。

人生初のマラリアの洗礼を受けながら、やっぱり俺はこの人のことが大好きだ、と青山は朦朧とした頭で繰り返しそればかり考えていた。

月ヶ瀬の飲ませてくれたマラリア治療薬と献身的な看護のおかげで、青山の症状は数日後に落ち着いた。

まだすこしふらつきはあったが、シャワーを借り、やっと食欲も戻ったので、月ヶ瀬が作ってくれたお粥を完食する。

向かいでバナナを房《ふさ》でもくもく食べている相手に青山は深々と頭を下げた。

「月ヶ瀬さん、本当にありがとうございました。予防薬飲んでたからまさかと思ってたのに、まんまと罹《かか》ってしまって……大変なご迷惑をおかけして本当に申し訳ありません。すごく手厚く看病してくださって、感謝しています」

心から告げて頭を上げると、相手は六本目のバナナを剝《む》きながら素《そ》っ気《け》なく言った。

「別に礼なんかいい。目の前でマラリア発症されたら、誰でもやるようなことをしただけだ。予防薬飲んでても百%防げるわけじゃねえし、明日シグリドから永野《ながの》さんがエアタクシーで迎えに来てくれるって無線で言ってたから、ちゃんと病院で採血《さいけつ》してマラリア原虫《げんちゅう》の数見てもらいな。完治させとかないと何年かして再発することもあるから。……これ食い終わったら帰り支度の荷造り手伝ってやるよ」

「……え」

そう言われて、青山は冷水を浴びせられたような気持ちになった。

……明日、帰るのか、俺……。そうだよな、もう撮《と》れ高《だか》もだいぶ溜まったし、帰らなきゃいけないよな……。……けど帰ったら、もうこの人とは会えなくなる……。

そう思ったら、思わず涙が滲《にじ》んできそうになった。

でもなにも知らない相手の前で涙なんか見せたら、最後までヘタレな奴だと思われる。

青山は瞬《まばた》きを繰り返して誤魔化《ごまか》しながら首を振った。

「……ほとんどダヌワへの土産の品だったから、私物はそんなにないので、ひとりで大丈夫です。お気遣いありがとうございます」

青山は頭を下げて立ち上がり、アレックスの部屋へ逃げるように戻った。

着替えと機材類をリュックにしまい、ポラロイドもしまおうとして、ケースを開けると最初に村で撮った相手の写真が挟まっていた。

……ジャングルの片恋の記念はこれだけか……と溜息が零《こぼ》れそうになったが、そんなことはない、と青山はすぐに打ち消した。

形に残るものはこれだけでも、相手と過ごした時間はすべて強烈なインパクトで胸に焼き付いている。

最初に飛行場で見た姿も、自在に鉈《なた》を振りかざす姿も、鮮やかな弓捌《ゆみさば》きも、カヌーから水を振りかけて煌《きら》めいていた横顔も、真っ赤な野生蘭《やせいらん》と青い蝶《ちょう》に囲まれた美しい姿も、一瞬のキスも、全部絶対忘れられない。

相手にもなにか自分のことを覚えていてもらえるような記念の品を残したかったが、消え物以外ろくなものが残っていなかった。

青山は食材の残りなどを持って部屋を出る。

昼間は閉じずに開いているドアから、机に向かって仕事をしている月ヶ瀬に青山は声をかけた。

「月ヶ瀬さん、荷造り終わったんですけど、ペヤングとかカップ麺《めん》と、番組特製Tシャツのピンクが一枚残ってたので、よかったら、もらってくれませんか?」

私物で一番いいものはGショックの腕時計で、そんな中古品もらっても嬉しくないだろうし、自撮《じど》りしたポラなんか余計いらないだろうし、一番喜ばれそうなのがペヤングだけという無念のセレクションを差し出すと、月ヶ瀬はしばし無言で品々を見てからぼそっと言った。

「……いらね」

「え?」

目を瞠《みは》って聞き返すと、月ヶ瀬はぷいとノートに顔を戻す。

「そんなロゴ入りTシャツいらねえし、ペヤングだってなくても耐えられるし、コシヒカリとかは重いだろうから置いてってもいいけど、なるべくおまえがいた形跡《けいせき》を残さないように全部持って帰れ」

「……」

きっぱりはねつけられて、そこまで疎《うと》まれていたのかとショックが隠せなかった。

ただマラリアの看病をしてくれたときの相手の優しさが夢うつつの幻覚だったとは思えず、きっとエッカート博士に間借りしている家を返すとき、余計なものがないほうがいいと思ってるのかも、と無理矢理プラスに考えようとする。

でも邪魔になるようなたいしたものじゃないのに、と消沈して部屋に戻ろうとした背中に相手の声が投げつけられた。

「そんな顔すんなよ。しょうがねえだろ、おまえのことなんかさっさと忘れたいんだよ。マラリアの幻覚見ながら、『俺じゃダメですか、俺も好きなのに』って何度も言われたことも全部忘れたい。だってそんなの病気が言わせた譫言《うわごと》だし、おまえは明日帰っちゃって、たぶん二度と会わねえじゃん」

「……え」

自分が熱に浮かされながら口走った言葉を聞かされ、青山はギクッとして振り返る。

伏せておくつもりだったのに、無自覚に告白していたと知って激しく動揺したが、告白を聞いても邪険にせず看病してくれた相手の真意を知りたくて、青山は意を決して言った。

「……それ、病気が言わせた譫言じゃないです。告白しないつもりだったけど、既にしちゃったらしいので、ちゃんと覚醒した状態で言わせてください。あなたのことが本気で好きです。明日帰るけど、来ていいならまた来ます。あなたが日本に戻ってくるまでのあと半年、二日休みが取れたらここに通わせてください。飛行機で七時間、車で二時間、エアタクシーで一時間かければ来られるし、手紙だって書きます。半年遠恋したあとも、ずっと俺とつきあってくれませんか……?」

懸命に想いを伝えると、相手は仏頂面《ぶっちょうづら》の横顔の耳たぶを薄赤くしながら首を振った。

「……やだよ。だって、おまえ、元々ゲイじゃねえし、たぶん、こんな特殊な場所で出会って、ダヌワの性風習にも当てられて、病気とかもして、うっかりそんな気になっただけに決まってる。日本に帰ったら、なんでそんなこと思ったんだろって我に返るよ、きっと」

決めつけられて、青山は必死に首を振る。

「そんなことないです。男の人を好きになったのははじめてだけど、絶対勘違いしてるわけじゃない。だって、あなたみたいな人に会ったことないし、この先も出会えないだろうし、離れても忘れられるわけないし、とにかく諦めたくないんです。俺のほうが、初恋の人やトゥクトゥムより絶対あなたを想ってます」

トゥクトゥムって……となにか言いかけた相手を遮《さえぎ》り、青山はがばっとまた九十度に腰を折りながら続けた。

「お願いします、俺を選んでください。トゥクトゥムのこともあるし、いますぐじゃなくてもいいです。いまは病み上がりであのデスロードを往復するのはキツいから、今度来たとき、あの野生蘭の泉でもっとドラマみたいな台詞《セリフ》で告白するので、そのときお返事ください」

お願いします、ともう一度懇願《こんがん》すると、相手はぼそっと言った。

「……なんでトゥクトゥムのこと誤解してんのか知らねえけど、あの子の恋人はレトゥだから。譫言でなんか勘違いしてるっぽいこと言ってたけど、祭りの夜はトゥクトゥムがレトゥと森にいく間、弟たちの子守してくれって頼まれただけだから」

「……え」

青山はぽかんと口を開ける。

……ということは、勝手な思い込みで不要なショックを受けて、しなくていい嫉妬でぐるぐるしてたのか、とかぁっと赤面していると、月ヶ瀬はどんくさい奴と言いたげに苦笑して、またノートに視線を戻しながら言った。

「……返事は今度来たときなんて、のんびり屋なこと言ってんじゃねえよ。おまえが考えたベタな『ダヌワラブストーカー』的な台詞なんかこそばゆくて素面《しらふ》じゃ聞けねえし、いまの告白で充分間に合ってる」

「……え」

素っ気ない表情で言われた返事をいいニュアンスで受け取っていいのか数瞬迷っていると、相手はイラッと咎めるように睨んだ。

「トロいな、もっとはっきり言わなきゃわかんねえのかよ。……おまえのことは、初日に飛行場で『月ヶ瀬さーん』って呼んでる馬鹿みたいな姿に『可愛いじゃねえか』ってキュンとしたし、ほんとはタイプど真ん中だったけど、どうせすぐ帰る奴のこと好きになりたくなかったから、わざと邪険にしてただけ。……だから、おまえがまた来るって言うなら別に止めねえし、手紙もくれんなら読んでやるし、……日本に帰ってからも、会ってやってもいい」

「……」

耳だけでなく頬も赤くして今度は誤解のしようのない返事をしてくれた相手を青山は目を見開いて見返す。

最初から内心気に入ってくれていたと聞いて、あまりの言行不一致《げんこうふいっち》ぶりに顎《あご》が外れそうだったが、相手がほかの誰でもなく自分を選んでくれたんだと思ったら、嬉しくて天邪鬼《あまのじゃく》な仕打ちは帳消しにしてもいいという気になる。

でも最初から「タイプだ」と素直に言ってくれたら、無駄に凹《へこ》まず、もっと早くどうにかなれたかもしれないのに、と無念に思う。

青山は素直の見本を見せて率直に言った。

「……じゃあ、またすぐ来ますけど、明日帰る前に、両想いってわかったし、ダヌワ式にプレゼントを渡して身体で親愛の情を確かめ合いたいって言ったら、受け取ってくれますか……？」

ドキドキしながら窺うと、相手は青山の手にある品に目をやり、プッと噴いた。

「……ペヤングと『ふしぎガッテン』Tシャツで誘われたの、初めてだけど」

でも受け取ってやるよ、とほんの小さな声で付け足してくれた相手に青山はたまらず駆け寄った。

白い蚊帳《かや》の中の大きなベッドで相手に覆《おお》いかぶさりながら、

「……すいません、俺、あんまり経験ないんで、よかったら、遠慮なくリードしてもらっても……」

やる気は漲《みなぎ》っているが、男性相手は初めてで、「やっぱり若造はヘタだな」などと幻滅《げんめつ》される前に低姿勢に申告すると、月ヶ瀬は赤らんだ目元を眇《すが》めた。

「……年上だからって、ベテランとは限らねんだよ。親友への片想いを勉強で昇華《しょうか》してきたような奴がブイブイ遊んでるわけねえだろ。……俺だって初めてだから、リードなんかできねえよ」

「……え」

思わず驚いて顔を覗きこんでしまう。

慣れない者同士のプレッシャーより、相手がまっさらだったことに舞い上がる。

「……そ、そうだったんですか。いえ、それならそれで全然……じゃあ、あの、僭越《せんえつ》ながら、ありがたく水揚《みずあ》げさせていただきます」

興奮と喜びでまた言葉のチョイスを誤《あやま》り、「遊女かよ」とプッと笑われる。

「別にありがたがることでもねえと思うけど。……いいからおまえの好きにしろよ。やなことされたら蹴《け》るけど、……こないだ、パタエカしたときみたいにぐいぐいしてもいいぜ?」

誘う瞳で見上げられたら、あのときよりスピードをあげて前が充血する。

Tシャツを剝《は》ぐように脱ぎ、相手のシャツのボタンを逸《はや》る手つきで外す。

はだけた白い胸を見おろし、好きにしていいという言葉を素直に聞いて、乳首に唇を寄せる。

「……ンッ……!」

ちろっと舌先で舐《な》めると、ピクンッと身を震わせて月ヶ瀬が唇を噛む。

予想以上に可愛い声と困ったような表情に煽《あお》られ、もっと強く舌を遣って尖《とが》らせてから吸いあげる。

両方の乳首を唾液《だえき》まみれになるまで舐め回しても蹴りは入らず、次こそ蹴られるかとドキドキしながらボトムを下着ごと脱がせる。

「……アッ……!」

半勃《はんだ》ちの性器を握ると、相手は高い声を上げ、青山を赤い顔で睨んでくる。

「……おい、おまえも脱げよ。そんで俺にも触らせろ」

ありがたい命令に速攻で従って全裸になると、相手は青山の勃起した性器をチラ、と見やり、うっすら赤らんだ。

うずっと小さく動いた右手が照れたらしく止まったので、青山は相手の手首を股間まで招き寄せる。

「触っていいですよ。ていうか、触ってください。一緒にタガイーしましょうよ、身体は『はじめまして』だし」

そう言うと、月ヶ瀬はちょっと笑って握ってくれた。

「……ンッ……はぁ……」

和《なご》ませるための挨拶の手つきではなく、互いに煽りあうために手を使う。

相手は一度触れたら、実は触ってみたかったとわかるような熱心さで撫で回してくれ、気持ちよくて嬉しくて、溢れる先走りで相手の手をぬるぬるにしてしまう。

興奮ですぐにも達《い》ってしまいそうなのをなんとか堪え、青山は息を上げながら言った。

「……ねえ月ヶ瀬さん、生でパタエカしても、いいですか……？　あのとき、服が邪魔で、裸でできたらいいのにって、実は思ってたので……」

卑猥《ひわい》なことを考えていたと打ち明けると、

「……俺も実はちょっと、そう思ってた……」

と目を逸らしながら小声で白状してくれる。

やっぱりほんとに前から好意を持ってくれてたんだ、と舞い上がり、相手の身体を四つん這いにして足を閉じさせ、ぬるっと奥まで潜《もぐ》らせる。

隔《へだ》てる布のない相手の尻の滑《なめ》らかな感触がぶるっと震えが走るほど気持ちよく、思わず吐息を零す。

亀頭で相手の双珠《そうじゅ》を持ち上げるように打ちつけながら性器を扱《しご》くと、

「……あっ、すげ、んっ、ふ……っ」

と前のときより大胆に尻を揺すってくれる。

終わってしまうのが惜しいくらい気持ちよくて、引き延ばすために青山は挟んだまま動きを止め、背中から抱きしめて耳元で囁く。

「……俺と外でパタエカしたとき、照れました……？」

「……そりゃ、うん……」

「俺もです。勃っちゃってどうしようって焦ったけど……」

「……俺も、なんでおまえ勃ってんだろって思ったけど……ちょっと嬉しかった……」

ゆるっと尻を振りながら囁かれ、珍しい言行一致にときめいて恋人の耳たぶを甘く噛む。

「……なんであのとき、『ヤリ逃げすれば？』なんて絡《から》んできたんですか……？」

そんな心にもないことを言わなければ、人前であんなことしなくて済んだのに、と思いながら問う。

相手はすこし言い淀《よど》み、拗《す》ねた声でぼそっと言った。

「……だって、おまえがプリビーニャにも頭ぽんするから、俺だけじゃなくて皆にすんのかよって腹立って……、それに優しく振るとこ見てたら、もし俺が打ち明けても『好きになってくれて嬉しいけど、ごめん』って同じように振るんだろうなって身につまされて、ムカついて八つ当たりした……」

皆に頭ぽんするのか、という相手の言葉を反芻《はんすう》し、あの雨の夜、頭を撫でたとき起きていたのかと気づいた。

自分だけにしてほしかったというようなニュアンスや、勝手に振られる想像をして拗ねたなんて言われたら、可愛くて嬉しくて興奮して相手の腿《もも》に挟まれたものがさらに熱くなる。

青山は動きを再開させ、相手の内腿を硬い性器でぐいぐい辿《たど》る。

「あ、アッ、んっ、んあっ」

相手の声と生肌の艶《なま》めかしさに長くは保《も》たず、ビュクッと後孔《こうこう》めがけて射精する。

熱い飛沫《ひまつ》を浴びた月ヶ瀬はぶるっと身を震わせ、肩を喘《あえ》がせながら振り返った。

まだ硬さを残す濡れた性器に視線を向け、一度目を伏せてから青山を見上げてくる。

「……それ、咥《くわ》えてもいい……?」

その眼差しと言葉になにもされる前から速攻で張り詰めてしまうが、青山は一応紳士を装って確認する。

「……もちろん嬉しいですけど、いいんですか……?」

相手は赤らんだ顔で目を逸《そ》らし、言いにくそうにぽそっと言った。

「……だって、マラリアの看病で身体拭《ふ》いてやってるときに見て、結構立派だし、ちょっとやってみてえなって思ってたから……」

相手も自分相手に不謹慎で卑猥な妄想をしていたと知ったら、いてもたってもいられなくなる。

紳士面を即座にやめ、ぐいっと相手の両脇を抱えて引き寄せる。月ヶ瀬は青山の腿《もも》に両手を置いて、躊躇なく顔を埋《うず》めてくれた。

「……ん、んむ、うっく、ぅん」

「……は…すごい、気持ちいい、……けど、なんか、うまくないですか……？」

初めてだというのに迷いなく舐めしゃぶってくれ、嬉しいが引っ掛かりも覚えて問うと、月ヶ瀬は眉を顰めて性器を口から出した。

「……毎日あっちこっちで生AV見てたら、自分でやったことなくても、なんとなく学習しちゃうだろうが」

文句あんならやめる、と短気に言われ、青山は焦ってぶんぶん首を振る。

「いや、全然文句ないです。やめないでください」

相手は片眉を寄せ、すこしどうしようか考えるような間をあけてから、ふたたび青山の屹立《きつりつ》にしゃぶりつく。

「んっ、んんっ、ふ、んっく」

そんなことをしそうもない相手が自分の股ぐらで大胆に唇と舌を遣ってくれるだけでたまらないのに、さらに咥えながら片手を背後にまわし、青山の放ったものでくちゅくちゅ弄りだす姿まで見せられたら、エロすぎて昇天しそうになる。

青山はがばっと相手を抱き起こして仰向《あおむ》けに倒し、曲げた両膝が肩につくほど開かせて尻の奥に舌先を滑《すべ》らせた。

「ちょ、やめっ、そんな……んあっ！」

蹴られないようにがっちり足を押さえ込み、そこに唇をつけながら青山は囁く。

「……やめませんよ。だって、俺をここに挿《い》れてくれる気あるでしょう？　俺もダヌワの生AV、見ないフリして見てたから、こういうやり方も、アリだし……」

ぴちゃぴちゃと音を立てて後孔を舐め回し、唾液でびしょびしょになるまで濡らしてからそっと指を入れる。

襞《ひだ》をかき分けるように出し入れしながら、相手の性器を喉奥深くまで咥える。

「あぁっ、や、いいって、やめっ、んんっ」

頭が完全にダヌワナイズされ、月ヶ瀬の性器も後孔も好きな人の大事なところで、当たり前のことをしているとしか思えなかった。

じゅぽじゅぽ頭を上下に揺すって撓《しな》る性器を啜《すす》り上げ、奥の窄《すぼ》まりを指を増やして拡《ひろ》げる。中のある場所を弄《いじ》ると相手がビクッと身を仰《の》け反《ぞ》らせ、絶対に声を出すまいとするように歯を食いしばる。

「……ここ、よくないですか……？　俺の指、中ですごい締めつけられてるんですけど……」

表紙&巻頭カラー
左京亜也
Aya Sakyo presents
番《つがい》にはしない。宣言されたハナちゃんですが……!?
大人気連載♥
[高嶺の花は、散らされたい]
[ひらひら満ちる]
カラーつき新連載♥
りーるー
Ri-ru presents
「天の川流る」の慧《けい》と芳彦《よしひこ》が再び♥
カラーつき♥
この先の椿《つばき》との将来を考える将大《まさひろ》だが………!?
[華と楽]
阿部あかね
Akane Abe presents
カラーつき前篇♥
人付き合いが苦手な犬の訓練士が王子様系会社員と出会い……?
[コミュ障くんと、モテ王子。(仮)]
青丸夏々
Nana Aomaru presents
2019
Dear+ 2
ディアプラス
恋愛至上主義★ボーイズラブマガジン!!
1.12 [Sat.] on sale
天咲吉実/梅田みそ/奥田 枠/金井 桂/
佐倉ひつじ×鳥谷しず/松本 花/間宮法子/
南月ゆう/山本アタル/吉田ゆうこ
ドラマCDキャストインタビュー♪
「ノーカラーベイビー」原作:奥田 枠
リレーエッセイ
「モエバラ☆」古澤エノ
毎月14日発売/予価:本体650円+税 ※予告は一部変更になることがあります。
表紙イラスト:左京亜也
希望者はもれなくもらえる♥全プレペーパー
DEAR+ Paper Collection
りーるー
SHINSHOKAN
https://www.shinshokan.com/comic/
ディアプラス編集部Twitterアカウント
@dear_plus_

ディアプラス文庫1月の新刊

1月10日頃発売

マンガ家と作るBLポーズ集

B5判／定価:本体2400円＋税

作画に役に立つと好評のデッサン集、新作が登場！

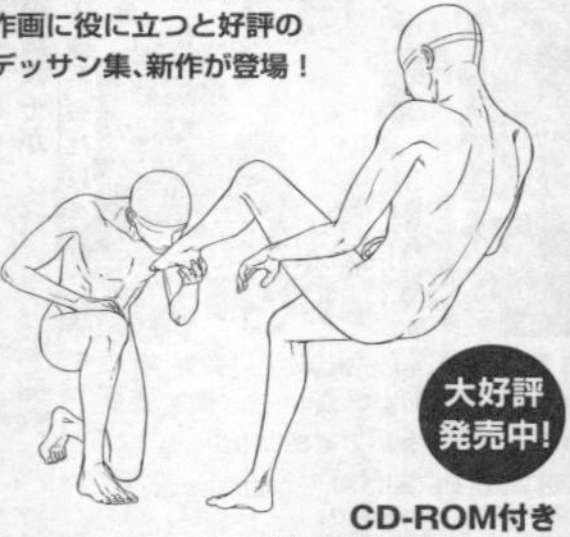

大好評発売中!

CD-ROM付き

(Windows&Macintosh 対応)

服従ポーズデッサン集

イラスト:スカーレット・ベリ子

モノクローム・ロマンス文庫1月の新刊

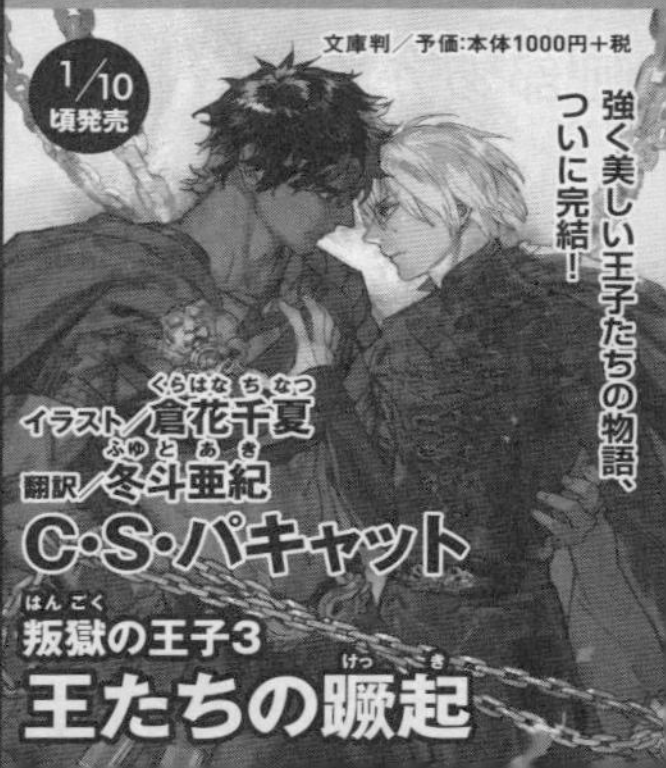

内側の反応と表情が食い違い、やわやわ刺激しながら確かめると、相手が涙目で訴える。

「やっ…やめろ、そこ……なんか、漏《も》っちゃいそうだからっ……ンッ、はぁ、やぁっ」

切羽詰まった声に、暴君な恋人の生殺与奪《せいさつよだつ》を自分が握っているようで興奮する。

意向を無視してそこをじっくり責め、性器も執拗《しつよう》な舌遣いで舐めしゃぶる。

「やっ、も、やだっ…爽やかな顔して、超むっつりじゃねえか、おまえ……。もういいから、早く挿れろよ、おまえのっ……」

罵倒《ばとう》しながら求められ、青山は微苦笑してたっぷり弄った狭い場所から指を引き抜く。

ひくひくしている小さな孔《あな》に性器を宛《あて》がうと、この人と本当に身を繋げられるんだ、と嬉しく思わず挿れる前に出てしまいそうなほど興奮する。

「……月ヶ瀬さん、大好きです……」

言いながら先端を押し入れると、温かく蠢《うごめ》く内襞の感触にセーブできなくなる。

「あぁっ……ん！」

欲望のまま、ぐぐっと狭い道を最奥《さいおう》まで拓くと、相手は「……痛ぇぞ」と睨みながら、ぎゅっと両腕を青山の首に回してくる。

咎めているのか続けていいのか一瞬迷うが、キスをねだるように相手の唇が尖り、続けていいのだとわかった。

「……ンッ、うんっ、んぅ」

舌を絡《から》めあいながら相手の内襞に締めつけられていると、気持ちよすぎて幸せすぎて、もしかして幻覚を見ているのでは、と不安になる。

青山は唇を離して相手の瞳を覗きこむ。

「……あの、俺、いまもマラリアの闘病中で、幻覚見てるだけだったりしませんか……？」

半《なか》ば真剣に問うと、キスにうっとりしていた相手の眉が寄る。

「……ほんとにアホだな、おまえ。おまえのでけえので俺の尻裂けそうになってんのに、ただの幻覚で済ますんじゃねえ」

赤い顔で毒づかれ、やっぱり幻覚や妄想じゃなく現実だと確信する。

「すいません、月ヶ瀬さんの中にいるなんて嬉しすぎて夢みたいで、ほんとかなって思っちゃって」

相手にも痛みだけじゃなくちゃんと感じさせて夢心地にさせたい、と願いながら青山は腰を遣いだす。

指で弄って悶《もだ》えさせた場所を先端で抉《えぐ》る。

「やぁっ、んぁっ、そこヤバ、すげ、きもちぃ……っ」

「……ほんとに……？　よかった……俺も、めちゃくちゃ気持ちいい……」

うねる内襞にも、腰に巻きつけられた脚にも、相手の言葉にも表情にも、すべてにおかしくなりそうだった。

汗だくになりながら隙間なく繋がりあい、限界まで擦りあってほぼ同時に果てる。

ふたりしてはぁはぁ荒い息で見つめあい、

「……まだ、ここから出たくないんですけど……」

「……じゃあ、出なきゃいいじゃん……」

これは2ラウンド目の許可をくれたのだと意訳し、挿入したまま相手の身体を裏返す。

今度は素股《すまた》じゃなく直《じか》に中で包んでもらい、死ぬほどの快感に我を忘れる。

「アッ、あぁっ、んはっ、うぅんっ」

「……ねえ、月ヶ瀬さん、名前呼んでくれませんか……？」

高く掲《かか》げた腰を穿《うが》ちながらねだると、相手の耳たぶが赤くなる。

「……やだ。こっぱずかしい。おまえも『漣《れん》さん』とか呼ぶな」

「え。なんでですか。呼びたいのに」

俺のこと好きなんじゃないんですか、と拗ねると、キッと振り向かれる。

「好きじゃねえならこんなこと何度もさせるわけねえだろ、このバカ」

たしかにそうだと思えたし、バカと言われてもときめく体質に変えられてしまったので、青山はにやけを堪えて抽挿《ちゅうそう》に集中したのだった。

翌日、エアタクシーの飛行場までダヌワの人々が総出で見送りに来てくれ、尻を触りながらの涙のお別れをしていると、空が一天にわかに掻《か》き曇《くも》り、黒い雨雲から生のスコールがドワーッと降ってきた。

当たると痛いほどの大粒の雨に悲鳴を上げてみんなで森の中に逃げ込み、大樹《たいじゅ》の陰で雨宿りする。

「おまえ、ほんとに最後の最後までジャングル運悪いな。悪い精霊に呪われてんじゃゃね」

隣で月ヶ瀬が雨の雫《しずく》を払いながら素っ気なく言う。

昨日はあんなに俺にすがって可愛かったのに、さっきもログハウスを出る前に三十分くらいキスさせてくれて別れを惜しんだのに、なんで最後に可愛くないことを言うんでしょうか、姉さん、と青山は心の中で呟く。

『きっと俺に帰ってほしくない月ヶ瀬さんの心が降らせた遣《や》らずの雨なんじゃないですか』とやり返そうかと思ったとき、ピタッと雨が止《や》み、雨雲が風に払われて煌めく太陽が顔を出す。

急に明るくなった空にジャングルサイズの大きな二重の虹がかかり、目の前の草飛行場に虹のふもとが見えた。

珍しい虹のふもとを眼前にして、青山は隣に満面の笑顔を向けた。

「そうかな。俺のジャングル運、最高だと思いますけど。こんな素敵な虹に見送ってもらえたし、悪い精霊くらい口が悪くて素直じゃないけど最高に素敵な恋人もできましたから」

まだ密林の彼

MADA MITSURIN
NO KARE

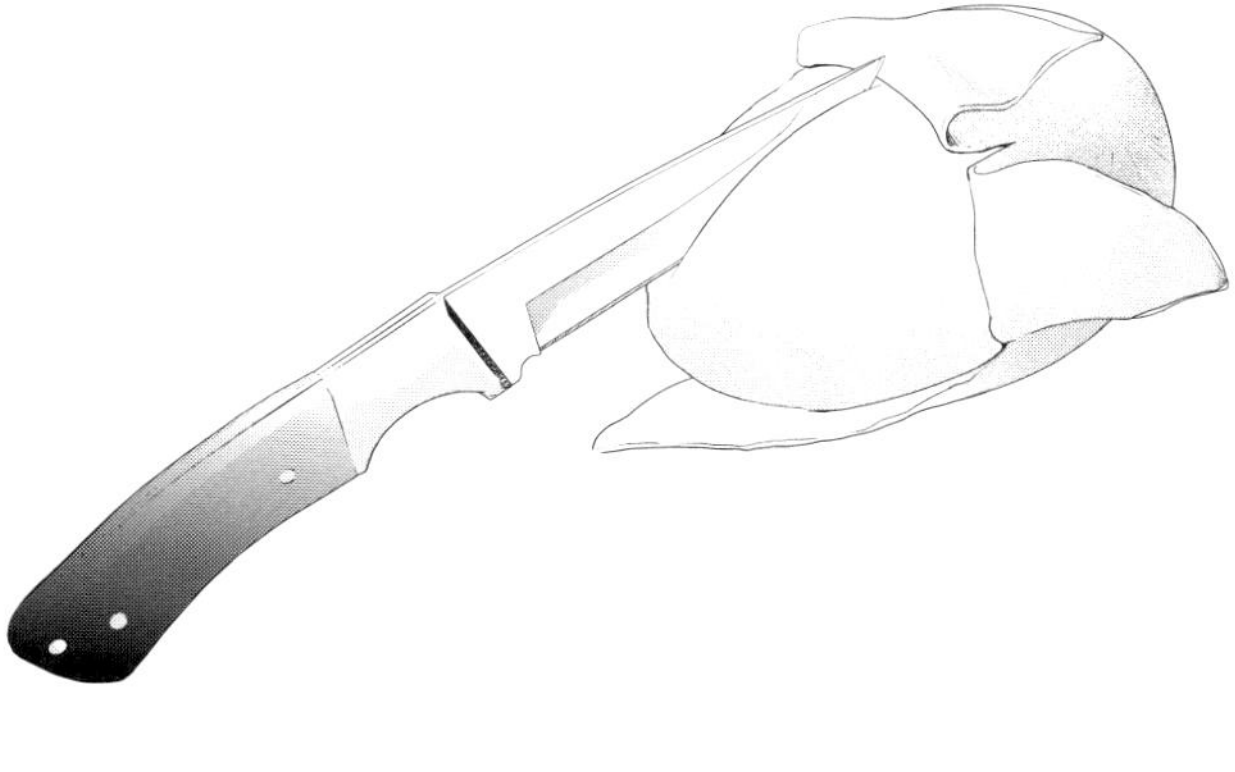

『レン、もうすぐ郵便飛行機が来るよ』

太陽がやや傾きはじめた午後、ダヌワ族の最高齢女性の家で星にまつわる伝承を聞き書きしていたとき、細かなニュアンスの通訳をしてくれるトゥクトゥムが耳を澄ませてそう言った。

月ヶ瀬《つきがせ》はぴくりとペンを持つ手を止め、ノートから目を上げる。

壁が下半分しかないダヌワ式住居の中は外からの音が筒抜けだが、自分の耳には庭先の犬の吠《ほ》え声や風が熱帯樹の葉を揺らす音、近所の子供たちの遊ぶ声しか聞こえない。

でも現代日本人とは比較不能なほど聴覚《ちょうかく》が発達しているダヌワ族の耳には、飛行機の影も形も見えないうちから虫の羽音《はおと》のようにエンジン音が聞こえるらしい。

月ヶ瀬はいい知らせをくれたトゥクトゥムに笑みかける。

『まだ俺には全然聞こえないけど、トゥクトゥムに聞こえるなら、あと十分くらいで通るかな』

努《つと》めて普段どおりを装《よそお》いながら、内心胸を高鳴らせる。

たぶん、また日本から恋人の手紙が送られてきたに違いない。

ダヌワの地に届く郵便物はすべて月ヶ瀬宛てだと集落の人々に周知されているので、すぐに飛行場まで駆けつけなくても持ち去られたりする心配はない。ただ、自分が一刻も早く読みたい衝動に抗《あらが》えず、月ヶ瀬は数秒迷ってからペンを挟んでノートを閉じた。

『トゥクトゥム、ブルゲ婆さんにそろそろ昼寝の時間だろうから、今日はこのへんで終わりにしますって伝えてくれるか？　また明日、今日と同じ時間にお邪魔するので、続きを聞かせてくださいって言ってほしいんだけど』

『わかった』

素直で優秀な助手は英語の依頼をすぐにダヌワ語に訳してくれる。

ダヌワ族の平均寿命は六十歳前後だが、ブルゲ婆さんは八十年前のティオランガ史に残る大噴火を母の背で見た記憶があり、推定八十二、三歳の老体なので、長時間の聞き取り調査は疲れさせてしまうし、無理をさせてはいけないから、と心の中で言い訳して早めに切り上げる。

ブルゲとその家族にいとまの挨拶《あいさつ》をし、トゥクトゥムとも森の入口で別れてひとりになると、月ヶ瀬は飛行場目指して駆け出した。

いまは自分の耳にもはっきりとこちらに近づいてくる小型機のプロペラ音が聞きとれる。

鬱蒼《うっそう》とした密林を、逸《はや》る気持ちで泥や落ち葉を跳ね上げながら急ぐ。

以前はこの地で手紙を心待ちにするなんて考えられないことだった。

外部との唯一の通信手段は無線で、まれに手紙が届くとしても、妹かエッカート一家か、職場からの事務的な連絡くらいだったが、いまは月に一、二回は必ず郵便飛行機が飛んでくる。

いまどき手紙を書くというアナログな行為は、筆まめな女子でも頻繁《ひんぱん》だとなかなか大変だと思うが、年下の恋人は忙しい仕事の合間を縫《ぬ》って想いのこもった手紙を書いてくれる。

そのうえ本人も、連休が取れると〇泊二日や一泊三日の弾丸ツアーをものともせずに遥々《はるばる》通って来てくれる。

相手の休みは不規則でシフトが出るのも遅いので、「いつ行きます」という予告の手紙より本人のほうが早く着くことも多いが、突然の来訪はサプライズギフトのようで本当に嬉しいし、申し訳なくもありがたく思っている。

……やっぱり、こんなに面倒で手間のかかる遠距離恋愛を文句も言わずに続けてくれるなんて、めちゃくちゃ俺のこと好きだよな、あいつ……。

思わずニヤリと不気味な笑みを浮かべそうになり、月ヶ瀬はハッと慌てて口元を引き締める。

いくらひと気《け》のないジャングルの中でもセルフイメージに反することはなるべく控えたい。でも、自信過剰じゃなく、どう考えてもものすごく愛されてるとしか思えないから、誰にものろけられないのが辛《つら》いくらいだ、と月ヶ瀬はセルフイメージに反することを胸の中で呟く。

以前、恋人には架空の姉に向かって「姉さん」と呼びかけて脳内モノローグをするという変な癖があると聞いて笑ったが、いっそ自分も「姉さん、あなたの弟が俺のこと好きすぎて大変なんです。実は俺も負けないくらい好きなんですけど」と真似して脳内でのろけてしまおうか。

そんなバカなことを考えながら走っていたら、ぼこっと地表に隆起《りゅうき》した木の根に足を取られて転びそうになる。

「わっ、あぶね……！」

すんでのところで踏みとどまり、肩で息をしながら体勢を立て直して速度を落とす。

なにかあってもすぐに医者にかかれないジャングル生活では怪我は自衛すべき筆頭《ひっとう》で、捻挫《ねんざ》や骨折でもすれば変形したままくっついてしまう怖《おそ》れもあるし、小さな擦《す》り傷や切り傷から敗《はい》血症《けつしょう》に至ることもあり、普段は注意深く行動しているのに、つい手紙読みたさに足元も確かめずに全力疾走してしまった。

手紙は逃げないから、ちょっと落ち着こう、と月ヶ瀬は必死すぎた己《おのれ》に赤面し、歩いて飛行場まで向かう。

すこし前まで自分はもっとクールなタイプで、恋人のことで頭がいっぱいになるような日が来るとは思っていなかったし、誰ともまともに恋愛することなく一生を終えるんじゃないかと本気で思っていた。

元々社交性もなく、子供の頃からひそかに想い続けていた幼馴染が妹と結婚してしまったあとは、ほかに新たな出会いを求める気力もなく、しばらくジャングルに引きこもる選択をした。

究極に縁遠い環境になったが案外性《しょう》に合ったので、もうこのままダヌワ研究に身を捧《ささ》げて密林に骨を埋《うず》める人生も悪くないかも、と半《なか》ば真剣に思っていたとき、青山真聡《あおやままさと》に出会った。

今振り返れば、あのときもうちょっと違う対応をすべきだった、と悔やまれるが、初対面から自分史上最低最悪の非社交的態度を取ってしまった。

長らく熱帯雨林とダヌワ族と野生動物しか見ていなかった視界に青山が飛び込んできたとき、久しく忘れていた胸のときめきと共にメラッと理不尽な憤《いきどお》りを覚えた。

なんで二週間も一緒に暮らさなければならず、用が済めばすぐいなくなる相手がモロ好みのタイプなんだよ、と空腹時にタレと山椒《さんしょう》のいい香りがしそうなリアルな鰻重《うなじゅう》の食品サンプルを目の前に置かれたような強いフラストレーションに駆られた。

完全な八つ当たりだったが、どうせ見るだけで食えない御馳走《ごちそう》なら、最初から邪険《じゃけん》にして距離を取ろうと暴言を吐きまくったのに、どういうわけか病《やまい》に倒れた青山に好きだと譫言《うわごと》で告げられた。

本気か、なぜだ、ドMなんだろうか、きっとマラリアのせいで正気じゃないから真に受けてはいけない、と動揺しながら自分に言い聞かせたが、病の癒《い》えた相手にもう一度告白された。

自分のほうも、青山が無自覚に風呂上がりに半裸を見せつけてきたり、蛇《へび》が怖いから一緒に寝てくれと懇願《こんがん》してきたり、あれこれ可愛げのあることを言って笑顔を見せるたび、わざとつれなくするのが難しいほど惹《ひ》かれていたから、勇気を出して本音を白状して相手を受け入れた。

青山が帰国するとき、「あと半年の間、手紙も書くし、会いに来ます」と言ってくれたが、ダヌワの地にひとり残り、急に広く静かに感じられる家に戻ってくると、あの言葉は実現しない可能性もあるから、あまり大きな期待はしないほうが無難かもしれない、と思えてきた。

相手の誠実さを疑ってはいないし、いまは本当にそうする気でいてくれると信じられたが、物理的な距離や半年の時間が徐々に心の温度を下げる可能性は充分にある。

しかも半年待たせるのはこちらの都合なのに、最寄《もよ》りの郵便局や携帯の通じる街まで行くのに徒歩で十日以上、エアタクシーで一時間、モーターつきカヌーで三時間かかる場所にいる自分からコンタクトを取ることは難しく、関係を続けるには相手のアクションを恃《たの》みにするしかない。

自分は半年くらいの遠恋《えんれん》で気持ちが醒《さ》めることはないという自信があったが、相手に関しては確信が持てなかった。

青山は元々ノンケだし、自分に示してくれた好意は、性に寛容なダヌワ族の影響を受けた一時的なものかもしれず、日本に帰って周りに女性のいる文明的な普通の日常に戻れば、やっぱりあれはあの場だけの気の迷いだったと思うかもしれない。

一般に日本国内でも遠距離だと恋愛は破綻《はたん》しやすいと思うが、日本とティオランガ間では難易度がさらに跳ね上がるし、時間と手間と交通費をかけてジャングルの奥地にいる人間と交際を続けるのはよほどの物好きでないとできないだろうし、早晩《そうばん》断念されても不思議はない。

もし見切りをつけられて自然消滅したとしても、相手を責めるのはよそう、と月ヶ瀬は自分に言い聞かせた。

あれが一夜の思い出で終わるとしても、あのときはお互いに本気だったから、後悔なんてしないし……。

相手の誠実さが本物なら、どんなに忙しくても二ヵ月以内には手紙をくれるだろうから、あと一ヵ月上乗せして、もし三ヵ月待ってみてもなんの音沙汰《おとさた》もなかったら、やっぱりダメだったか、と潔《いさぎよ》く諦めをつけて忘れよう。

もしフェードアウトされたら、意地でも未練たらしくこっちから追いすがったりしないぞ、と心に決め、手紙が来るまで相手のことは頭から追い出して仕事に集中しようとした矢先、最初の郵便飛行機が飛んできた。

消印を見ると帰国直後に速攻で書いてくれたとわかり、感激に震える指で小包を開けると、中にはペヤングと暑さで溶けて歪《ゆが》んだハート型のチョコレートと分厚《ぶあつ》い手紙が入っていた。

生まれて初めてもらったラブレターに舞い上がり、ベッドの上で二百メートルくらい泳げそうなほどバタ足しながら読むというセルフイメージに反することをしてしまった。

でもまだ情熱が冷めやらないうちだから、赤面せずには読めないような「あなたのこういうところが好きだ」と連綿《れんめん》と綴《つづ》った熱いラブレターをくれたが、この一通で終わる可能性もあるからはしゃぎすぎてはいけない、と最悪の事態に備えて心積もりをしていたら、その後も間をあけずに手紙が届き、月一回は本人も時間をやりくりして継続的に訪ねて来てくれる。

往復の苦労に見合わない短時間の逢瀬《おうせ》も厭《いと》わず通ってくれ、文字でも言葉でも態度でも愛を示してくれるので、もういまは遠恋の破綻や心がわりを怖れる気持ちは一グラムもなくなり、離れている間も全面的に相手を信じていられる。

どの手紙も暗記するほど読み返しているが、今度の手紙はどんなことを書いてくれたんだろう、と胸を弾《はず》ませながら飛行場へ着くと、ちょうど上空を通過する郵便飛行機からポーンと小包を放り投げる茶色い腕が見えた。

「メルシア・ボッカー！　いつも配達ありがとうございまーす！」

先住民ではないパイロットとクルーの耳にはエンジン音に紛《まぎ》れて聞こえないと思うが、下から現地語と日本語で御礼を叫んでから荷物の落下地点に駆け寄る。

草むらに落ちた小包を拾い上げて土を払い、恋人の字を確かめて指で辿《たど》ると、暑い外気のせいではなく胸の中の温度がぽっと上昇する。

いますぐ開封したいが、もうすこし喜びを噛みしめるためにセルフ焦《じ》らしプレイを強《し》いて、胸に抱きしめながら自宅に戻る。

部屋のベッドに正座をして、「忙しいのに、また送ってくれてありがとな」と本人の代わりに小包に頭を下げてから中身を検《あらた》める。

自分宛ての差し入れには有機栽培《ゆうきさいばい》のコーヒー豆、ダヌワの子供たち宛てにアルファベットクッキーが割れないように梱包《こんぽう》されていた。

こんな風に自分だけじゃなく、周りにも心遣いしてくれるところも好きだな、と思いながら、一番心待ちにしていた手紙を手に取り、鋏《はさみ》で丁寧に端を切って便箋《びんせん》を取り出す。

『月ヶ瀬さん、お変わりありませんか？　俺は相変わらず漆畑《うるしばた》Dにこき使われてますが、元気です。今日は耳寄りな情報がありまして、来月末に遅い夏休みをもらえることになりました。二十三日にそちらに着いて、二十九日に帰ります。なるべく早く行きたいので、二十二日の夜からジャカルタ経由で翌朝十時にシグリド到着便に乗ります。今回はとんぼ帰りじゃなく六泊もできるので、めちゃくちゃ楽しみで今から待ちきれないです！　あ、もちろん、お仕事の邪魔はしたくないので、俺がいても昼間は普通にお仕事してくださいね。俺は静かに隅から月ヶ瀬さん観賞と写真撮影に励《はげ》みます（もし許可が下りなければ、レトゥたちと釣りにでも行きますが、できれば月ヶ瀬さんのそばにいたいです）。あと前回行ったとき、インスタントコーヒーが少なくなってたので、美味《おい》しそうなのを同梱《どうこん》します。クッキーはきび糖とか天然の材料を使っているそうなので、ダヌワの子供たちが食べても大丈夫だと思うんですが、もしアレルギーや虫歯とかが心配だったら月ヶ瀬さんのおやつにしてください。それから、いま番組で「偉人の恋文」特集をするのでいろいろ調べてるんですけど、なんかわかるなぁっていうのがあったので、一部抜粋《ばっすい》しますね。

「もし僕がローヌ河の奔流《ほんりゅう》のように速くあなたの元から去っていくとすれば、それはただ、一層《いっそう》速くあなたに再会できるようにと願ってのことだ」

これは戦地に赴《おもむ》くナポレオンからジョセフィーヌに宛てたものなんですけど、俺もティオランガから日本に帰る機内でいつも同じようなことを思っています。あと、

「涼しい夜に同じ夜具の下で、私の傍《かたわ》らに愛《いと》しい人が眠るがゆえに、そして静けさの中で彼の顔が私のほうに向けられ、月の澄んだ光線は絶えず輝き、彼の腕が私の胸に軽くのせられていたがゆえに、その夜私は幸せだった」

これはホイットマンが同性の恋人を想って綴った詩ですが、まさに月ヶ瀬さんと過ごせた夜

の俺の気持ちにマッチしすぎて胸に沁《し》みました。最後に、「さようなら、たったひとりの僕の恋人。どうか空飛ぶキスを受け取って。空を飛びながら誰かに捕まえてもらうのを待っている二千九百九十九と二分の一個の僕のキスを」

これはモーツァルトからコンスタンツェに宛てたものです。俺の実物大サイズに引き延ばしたキス顔写真を同封するので、どうか俺からの空飛ぶキスを受け取って！　……いま、ものすごく「なにバカ言ってんだ、こいつ」っていう顔して読んでるでしょう？　でもきっと、ちょっとだけ目許《めもと》が赤くなってるんじゃないかな。月ヶ瀬さんは照れるとそうなるから。早く本物のあなたに会ってキスしたいです。ナポレオンがジョセフィーヌにもっとエロいことも書いてて、俺も同じことを書きたいんですが、もし郵便事故でほかの人に読まれたら危険なので自粛《じしゅく》します。次に会ったときに実践《じっせん》させてください。では、可愛くアマデウス風に、さようなら、たったひとりの俺の恋人、キリよく三千個のキスを』

「……なーに言ってんだか」

赤い顔で呟き、封筒の中から四つ折りのカラーコピー用紙を取り出して開くと、目を閉じて唇を尖《とが》らせた相手のキス顔が現れ、月ヶ瀬はブッと噴く。

「……なんだ、これ……、よくこんなこっぱずかしい写真撮れるな、あいつ……。それにナポレオンのパクリがなくても、とっくに他人に読まれたらマズいこと書きまくってるし……」

呆れ声で茶々を入れつつ、キョロリと窓やドアを振り返る。

ダヌワ族の誰かが遊びに来たり、薬をもらいに来たりしていないか様子を窺い、あたりに人影がないことを確かめてから、月ヶ瀬はそろりとカラーコピーを口元に寄せる。

自分でもバカじゃないのか、と思いつつ、相手の写真の唇の位置に自分の唇を押し当てる。

本人とのキスを思い浮かべながらしばらくそのままでいたら、呼気《こき》でその部分がふやけてしまい、赤面しながら両手で挟んでうねりを直す。

「……もう、こんなアホくさいこと俺にさせやがって、あのバカ……」

強制されたわけじゃなく自《みずか》らセルフイメージに反することをしておきながら、照れ隠しに毒づく。

なんだかんだ言いながらも、青山の手紙は大事な宝物なので、もう一度読み返してから便箋と写真を丁寧に封筒に戻して箱にしまい、夜寝る前に読み返すために枕元に置く。

アルファベットクッキーはすこしだけ自分ももらって、あとはダヌワの子供に配ろうと思いながら袋を開け、相手のイニシャルの「M」と「A」をチョイスする。

素朴《そぼく》な味のクッキーを大事に時間をかけて食べ終えると、机の上のカレンダーをめくって来月の二十三日をペンで囲み、二十四日から二十八日まで横線を引いて二十九日にも○をつける。

今度は長い時間一緒にいられる、と思ったら、嬉しくて二十三日の○をもっとぐりぐり強調して、ハートで囲みたくなったが、そんなセルフイメージに反することをして青山に見つかったら、「月ヶ瀬さんもこんなに浮かれるほど俺に会いたかったんですね！」と小躍《こおど》りされるのが目に浮かぶのでやめておく。

相手に夢中なことは事実なので今更否定しないが、性格的に本人の前であからさまにデレデレするのは照れくさい。

月ヶ瀬はクッキーを摘《つ》まんだ指先を舐《な》め、愛ある差し入れを欠片《かけら》の粉まで味わってから、引き出しから便箋を取り出して返事を書く。

青山から、わざわざ遥々郵便局まで投函《とうかん》しに行かなくてもいいから、来訪《らいほう》時に手渡してほしいと言われているので、手紙が来るたびに返事を書いて溜めておき、自分の目の前では読むなと厳命してまとめて渡すようにしている。

面と向かうと照れくささが先に立って素っ気《そけ》ない態度になってしまうが、手紙だとすこしは正直にしたためられる。

早く来月になってほしい、会えるのを楽しみにしている、と綴りながら、今度の来訪は前もって来る日がわかっているから、こちらから迎えに行ってあげよう、と思いつく。

いつもは相手がシグリドからバスとエアタクシーを乗り継いで来てくれるが、中間地点までエンジンつきカヌーで迎えに行けば、ジャングルクルーズデートができる。

相手の到着を奥地でうずうずしながら待っているより、時間がかかっても迎えに行くほうがすこしでも早く会えるし、相手も喜んでくれるに違いない。

貴重なガソリンを緊急目的でもないのに使うのは気が引けるが、せっかくの夏休みをなんの娯楽もない辺鄙《へんぴ》な場所で過ごすと迷いなく言ってくれる恋人を労《ねぎら》って、できるだけ歓待してやりたい。

相手の手紙には、滞在中いつも通り仕事をしてほしいと書いてあったが、せっかく遠路遥々来てくれた恋人を夜まで放置するのは忍びないし、日頃定休日もなくダヌワ研究に従事《じゅうじ》しているんだから、今回は自分も一緒に休みを取ろうと心に決める。

出会った当初、二週間一緒に過ごしたときはまだ恋人ではなく、ロケがメインで慌ただしく過ぎてしまったし、恋人同士になったあとも、月一の逢瀬は愛を確かめあったらすぐ別れなくてはならなかったから、今回こそはふたりで幸せを噛みしめながらゆっくり過ごしたい。

ほっこりと笑みを浮かべて返事の続きを書いていると、ふと、ナポレオンが書いたもっとエロいことってなんだろ、と相手の文面を思い出す。

……今度実践させろって、なにをする気だよ。あいつ結構ムッツリだから怖いんだけど、と赤い顔で溜息を吐きつつ、月ヶ瀬は自分の表情がセルフイメージに反して困惑より期待が滲《にじ》んでいることに微塵《みじん》も気づいていなかった。

＊＊＊＊＊

『えっ、嘘、ほんとに月ヶ瀬《つきがせ》さんですか⁉　な、なんで？　どうして電話が通じてるんですか？　ダヌワの森って圏外ですよね⁉　いつのまにか通じるようになったんですか⁉』

青山がシグリドの空港に着いた頃を見計《みはか》らって河の上から携帯に電話をかけると、素っ頓《すっとん》狂《きょう》な声が聞こえてきて月ヶ瀬は笑いを堪《こら》える。

「びっくりしたか？　いま、アラワク河を下って、だいぶ町のほうまできてるんだ。おまえとジャングルクルーズしようと思って、カヌーで迎えに来た」

『えっ、カヌー⁉　って、まさか、あんな奥地から手漕《てこ》ぎで来てくれたんですか⁉』

仰天《ぎょうてん》した声で叫ばれ、月ヶ瀬は苦笑して携帯をすこし耳から離す。

「なわけねえだろ。おまえ、どんだけ俺のこと体力魔人だと思ってんだよ。手漕ぎじゃなくて、モーターつけてきたんだよ。いまは電話中だからエンジン切ってるけど。エッカート教授のカヌーなんだけど、自由に使っていいって言われてるから、借りた」

『そ、そうなんですか……。や、なんか驚きすぎて心臓バクバクしてるんですけど。月ヶ瀬さんの番号は登録してあるけど、まさかかかってくるとは思ってなかったし、出たらほんとに月ヶ瀬さんの声が聞こえてくるから超びっくりした……！　それに迎えに来てくれるなんて、もう予想外のサプライズで、俺が犬だったら嬉しすぎて漏らしてますよ！』

月ヶ瀬はプッと噴き、想像以上の喜びように満足の笑みを浮かべる。

「失禁《しっきん》までしなくていいし。いつもおまえにばっかり大変な思いさせてるから、たまにはこれくらいしてやんねえとって思ってさ。……青山《あおやま》、今日はいつものコマラワ行きのバスじゃなくて、ワトラ行きっていうのに乗ってほしいんだ。空港から一時間くらいでワトラに着くから、下りたら河沿いに『ティオランガ・ヘリテージ』っていう観光客用のレストランがあるから、その裏手の川べりまで下りて来てくれるか？　田舎町で店少ないし、橋のそばの目立つ店だから、すぐわかると思う。ワトラの「ティオランガ・ヘリテージ」ですね』

『わかりました。ワトラの「ティオランガ・ヘリテージ」ですね』

「うん。俺もいまから向かうから。下の船着場で待ちあわせしようぜ」

「じゃあ、またあとでな」

通話を切り、月ヶ瀬は舟の上で携帯を見つめて微笑する。

普段は使う機会もないのでジップロックに入れてクローゼットに放置しているが、昨日は久々にソーラーチャージャーで充電した。

青山に出会うまでは、携帯なんてなくてもたいして困らないと思っていたが、いま恋人の声を聞かせてくれた文明の利器《りき》のありがたみに思わず頬ずりしたい衝動に駆られる。

セルフイメージに反するので実行はせずにポケットにしまったが、本当は通話を切らずに待ちあわせ場所までずっと話していたかった。

でも片手で操縦《そうじゅう》を誤《あやま》って転覆《てんぷく》でもしたらしゃれにならないし、これから本人に会って直接たっぷり話せるんだから、もうすこしの辛抱《しんぼう》だ、と再びエンジンをかけ、ジャングル晴れの空の下、風を切ってアラワク河を下る。

今朝は早起きをして、相手のためにランチの用意もした。

メニューは小麦粉とすりおろしたジャガイモで作ったパンに庭のトマトとツナを挟んだサンドイッチ、バナナとココナッツミルク入りのホットケーキ、デザートはマンゴーで、青山からもらったコーヒーをポットに入れた。

いままで青山が日本からやってくるときはいつも和食の食材を持参して作ってくれたので、自分が作ってやる機会がほぼなかった。

今日はすこしでも歓待《かんたい》の気持ちが伝わるように頑張ったが、使える食材の種類が少ないのでたいしたものは作れず、せめて雰囲気だけでも、とダヌワ細工のパンダナスの葉で編んだカゴに詰めてチェックのハンカチをクロス代わりに掛け、ピクニックランチ風にしてみた。

前日に川辺まで運んでおいたカヌーにランチをのせ、相手の到着時間までに電波が届く場所に出られるように計算して出発した。

下流に向かうにつれて川幅や両岸の景色が徐々に変化していき、濃い緑の森からすこしずつ拓《ひら》かれた人里になり、河で投網漁《とあみりょう》や釣りをする地元の人たちの姿もちらほら視界に入ってくる。

青山と電話してから小一時間ののち、以前コマラワの永野《ながの》たちと懇親会《こんしんかい》をしたワトラのレストランが見えてきた。

スピードを落として船着場に向かうと、遠目に待ち人の姿を見つける。

「おーい、月ヶ瀬さーん！　ここでーす！　ほんとにカヌーで来てくれたんですねー！」

青山が両手を振り回してぴょんぴょん飛び跳ねながら、全開の笑顔で叫んでいる。

無事会えた安堵《あんど》とときめきでこちらも頬を緩《ゆる》めながらカヌーを岸に寄せる。

よく来たな、一ヵ月ぶりに会えてほんとに嬉しい、と喉《のど》まで出かかったが、

「遠くから見たら、猿が跳ねてるみてえだった」

とつい開口一番に可愛くないことを言ってしまう。

青山は動じる風もなくにこにこしたまま、

「またそんな心にもないことを、……や、いま浮かれてほんとに猿っぽかったかもしれないから、心にもあったとしてもまあいいです。月ヶ瀬さん、こんな嬉しいお出迎え、ほんとにありがとうございます。ウェルカムカヌーなんて、リムジンの送迎より稀少価値《きしょうかち》高いし、わざわざ来てくれて、ほんとに嬉しいです」

と透明な尻尾《しっぽ》をばさばさ振るような勢いで礼を言ってくれる。

自分には欠ける率直《そっちょく》さと可愛げに改めてキュンとしつつも、

「……いいから、早く乗れよ。重心が傾かないように、おまえは真ん中へんに座んな」

とつい照れ隠しに素っ気《そけ》ない声で言う。

青山は気にする風もなく「了解です、失礼します」と笑顔で乗り込んでくる。

いつもより重そうなバッグはきっと自分を喜ばせようと和食の食材やペヤングを大量に詰めこんできてくれたに違いなく、月ヶ瀬はにんまりしそうな唇を意識して引き結ぶ。

荷物を置いてから、カヌーの中ほどに自分のほうを向いて座った青山に、

「その向きで平気か？　進行方向逆になるけど。三時間くらいかかるから、気分悪くなるかもしんねえぞ」

と船酔いを案じて訊ねると、

「全然大丈夫です。三時間もずっと月ヶ瀬さんの顔を見ていられるなら、どっち向きでも気分最高です」

と臆面《おくめん》もなく笑う。

「……ふうん。じゃあ、このまま行くぞ」

内心照れとときめきで悶《もだ》えつつ、薄いリアクションを返し、カヌーを反転させてダヌワの森に向かって舵《かじ》を切る。

宣言どおり満面の笑顔でじっとこちらを見つめる恋人の視線が内心こそばゆくて、尻の据《す》わりが悪い心地になる。

なにか話しかけてくれれば適当に返事ができるのに、日頃よくしゃべる相手がいまはただ黙ってじっと見ているだけなので、どんな顔をしたらいいのかわからず視線を泳がせる。

なんとか無表情を装《よそお》い、操縦に集中している態《てい》でスピードを上げる。

しばらく茶色い大河を上流に向かって進んでから、ふとランチの準備をしてきたことを思い出す。

なにか食べさせておけば、その間はガン見されないで済むかもしれない、と思いながら、月ヶ瀬は「青山」と呼びかけた。

「ええと、おまえ腹減ってねえか？　機内食食って満腹だったら別にいいんだけど、一応弁当作ってきたから、よかったら食えよ」

素っ気なく言って、舟の中に置いてあるオールの先でランチのカゴを相手のほうに押すと、

「ええっ、お出迎えだけじゃなく、弁当まで作ってきてくれたんですか⁉　嬉しいです、ありがとうございます！　盆と正月が一緒に来るたぁ、このことでぃって感じですね！　ジャングルクルーズしながらランチなんて、最高のおもてなしでめちゃくちゃ感激です！　なにを作ってきてくれたんですか？」

と青山がレトロな語彙《ごい》を挟みながらテンション高く目を輝かせた。

「え。……いや、そんなたいしたもんじゃなくて、ただのサンドイッチと冷めたホットケーキ、なんだけど……」

さらっと喜んでくれるだけで充分だったのに、予想外の感激ぶりに動揺して語尾が先細る。

奥地でできる範囲内で心尽くしをしたつもりだが、相手が普段日本で食べているようなおかずのバリエーションが豊富なほか弁や、ふわふわの食パンを使用した市販のサンドイッチに比べると見劣りは否《いな》めず、こんなに期待値が高いと食べてガッカリするかも、と危惧《きぐ》する。

青山はまた見えない尻尾を振るように身を乗り出してカゴを引き寄せ、はしゃいだ声を出す。

「わぁ、ウェルカムドリンクにウェルカムフルーツつきですね！　月ヶ瀬さんが作ってくれた

ものは『ただの』サンドイッチじゃなく、『スペシャル』なサンドイッチです。嬉しいなぁ、実は来るとき機内で爆睡しちゃって機内食食べそこねたから、腹減ってたんです。ありがたくいただきまーす」

さらに期待値を上げて食いつこうとする青山に、

「ちょ、待て、だから全然『スペシャル』じゃねえし、『ウェルカムフルーツ』とかいい感じに言ってくれても、ただ木から捥《も》いできただけだし、コーヒーはおまえの差し入れの有機栽培のだからうまいけど、ほかは腹の足しになればいいくらいのもんだから」

となんとか食べる前に期待値を下げようと躍起《やっき》になる。

青山は白い歯を見せて笑い、

「なに言ってるんですか。俺のために月ヶ瀬さんが手ずから捥いでくれたマンゴーは付加価値倍増で、宮崎県産のべらぼうに高い『太陽のタマゴ』に匹敵《ひってき》する神マンゴーだし、月ヶ瀬さんちの畑で採《と》れる野菜や果物って味が濃くて美味《おい》しいから、サンドイッチもホットケーキも絶対美味しいって食べる前からわかってます」

と断言し、ますますハードルが上がってしまったことに月ヶ瀬は怯《ひる》む。

「いや、ほんとにそこまでうまくもない普通の味だから、……それにもしかしたら、作ってから結構時間経ってるから、暑さで腐《くさ》ってるかも……、もし不味《まず》かったら、腐ってるせいだから」

せっかく作ったのに本当に腐っていたら悲しいが、最悪のケースを持ちだして期待値を下げようとすると、「え」とサンドイッチを見おろした青山は、ぱっと顔を上げて明るく言った。

「でも大丈夫です。俺、自慢じゃないですけど、胃腸が強靭《きょうじん》なのもセールスポイントで、滅多《めった》に腹壊さないんです。ロケ先で同じもの食べたスタッフ全員腹下しても俺だけ無事だったこと何度もあるし、月ヶ瀬さんのお手製ランチが万が一傷《いた》んでたとしても、愛で完食しますから！」

きっぱり言い切って大口を開けてサンドイッチに顔を寄せる相手に、

「ちょ、待てって、もしほんとに腐ってたらやめろよ。そんなことで愛を証明してくれなくても、ちゃんとわかってるし」

と焦って言うと、食べる寸前の青山は目を上げてぱぁっと嬉しそうに笑った。

「そうですか、ちゃんとわかってくれてるんですね、俺の愛。もちろん、俺もちゃんとわかってますよ。見つめ合うと素直におしゃべりできない系の月ヶ瀬さんの不器用な愛、バッチリ伝わってますから」

「……ふうん」

今更否定する気はないし、誤解なく通じているようなのでひそかに安堵したが、堂々と言われると返答に困る。

薄く赤面して目を逸《そ》らすと、青山はくすりと笑って、「じゃあ、改めて、いただきます」と潔《いさぎよ》くサンドイッチを頬張った。

「うん、モチモチしてて美味しいです。ほんとに傷んでないですよ。なに食べても丈夫な胃腸だから適当に言ってるんじゃなくて、悪くなってるにおいとかしないし、味もちゃんと美味しいですよ。月ヶ瀬さんの愛の味がします」

調子よく言われてチラ、と相手の表情を窺う。

「ほんとか？　気を遣って無理して言ってねえか？」

「そんなことありませんって。ほんとに美味しいですよ。疑うなら、月ヶ瀬さんも食べて確かめてくださいよ。ほんとに傷んでたら、すすめたりしないし」

青山はそう言って周囲を見回し、右岸の岸辺を指差した。

「すみません、ちょっとあの大きな木の下に寄せて停めてくれませんか？　せっかくだから、ひとりで食べるんじゃなくて月ヶ瀬さんと一緒に船上ランチしたいです」

にこっとリクエストされ、可愛げにキュンとしながら「……いいけど。一応多めに作ってきたし」と素っ気なく返す。

川面に影を作る大樹の下、すこしカーブして流れが堰《せ》き止《と》められた浅瀬にカヌーを停めると、青山はバランスを取りながらランチを持って近づいてきて真向かいに掛けた。

「あれ、なんかちょっとこっちが沈んじゃったけど、静かにしてれば沈没したりしませんよね。……さあ一緒に食べましょう。サンドイッチとホットケーキ、どっちがいいですか？　って月ヶ瀬さんが作ってくれたのに、俺が作ったみたいな言い方しちゃってすみません」

はしゃいだ笑顔で二種類差し出され、内心微笑ましく思いつつ、態度はローテンションに両方受け取ってワックスペーパーの包みを開く。

くん、とにおいを嗅《か》いでもどちらも異臭はせず、すこし齧《かじ》ってみても本当に腐っていなかったので、恋人がいくら強靭な胃腸の持ち主でも変なものを食べさせずに済んでよかった、とホッとしながら自分も食べ始める。

直射日光の射す河の中央から岸辺の木陰に入ると体感温度がだいぶ変わり、吹き抜ける風に汗がひいていく。

河の流れをBGMにしばらく黙って食べていると、すぐそばに迫る左右にも奥にも延々続く広大な密林の彼方《かなた》から、ドーンという老いた大樹が寿命を迎えてひとりでに倒れる音が遠くに響き、バサバサッと鳥たちが飛び去っていく音が続く。

「……なんか、グレートネイチャー系の番組の中にいる気分ですね」

青山がワクワクした瞳で音のしたほうを見ながらサンドイッチを齧る。

「……そうか?」

自分にはすでに日常の光景なので、そこまで新鮮な驚きや興奮はないが、相手がこの地を嫌がらずに楽しんでいる様子を見るのは嬉しい気がした。

静かにたゆたうカヌーの上で、川面に反射する光に目を細めてホットケーキを食べていたら、コーヒーを味わいながら青山が満ち足りた声で言った。

「……いま、なんかすごく至福の時っていう気がします……。雄大《ゆうだい》なジャングルのド真ん中に見渡す限り誰もいなくて、……もしかしたら水の中にワニとかいるかもしれないけど、ひとまず見えないから怖くないし、月ヶ瀬さんとふたりだけで、こんなにゆったり穏やかな時間を過ごせるなんて、もういまはこれ以上なにもいらないような、このまま時が止まってもいいかもっていうくらい、完璧に幸せな気分です……」

しみじみとそう言った相手に目を戻し、月ヶ瀬は嚙んでいたホットケーキをこくんと嚥下《えんげ》する。

なに突然オーバーなこと言ってんだ、と言いかけ、でもたしかにこれが至福の時というものなのかもしれない、という気もして口を噤《つぐ》む。

ただ「俺も同じ気持ちだ」とはっきり口にするのは気恥ずかしく、

「……ふ、うん……」

と相槌《あいづち》に見せかけて微妙な語尾で同意する。

相手はそんな小細工《こざいく》もお見通しらしく、くすっと笑うと、周囲にゆっくり視線を巡《めぐ》らせた。

「……死ぬ前に『人生最高のひととき』ランキングをしたら、かなり上位に来るだろうな、今日のこの時間。こんな手つかずの大自然の中、久々に生で見た恋人は死ぬほど綺麗だし、言葉や素振りは素っ気ないけど、お出迎えとかランチとか行動に愛がダダ漏れだし、こんな幸せで贅沢《ぜいたく》な本物のジャングルクルーズデートをしちゃったら、きっと日本に帰ってから、TDLのジャングルクルーズのアトラクションとか、富士五湖とかのボートにふたりで乗っても、たぶんちょっと物足りない気がしちゃうかもしれませんね」

「……え。そんなのに乗る気なのか?」

思わず鳩豆顔《はとまめがお》でつっこむと、青山は「えっ、嫌ですか?」と逆に聞き返してくる。

「もしかしてTDLとかドライブとか趣味じゃないですか? たしかに月ヶ瀬さんて、ジャングルでは想定外にワイルドでアクティブだけど、日本だとなんとなくインドアっぽいイメージあるし、おうちデートのほうが好みですか?」

「……え。ええと……や、どうだろ、よくわかんねえ。デートとか、したことねえし……」

月ヶ瀬は返答に窮《きゅう》して口ごもる。

過去に交際経験がないので、どんなデートが好きかなどと訊かれても「そんなこと考えたことがない」としか答えようがないが、ダヌワの地ならともかく、日本では普通男同士でナチュラルにデートスポットに行ったりしないものなのではないか。

無表情に考え込んでいると、

「そっか、月ヶ瀬さんは俺が初めての交際相手なんですもんね」

と青山が嬉しそうに笑って続けた。

「初めてだけじゃなく最後の交際相手になる気ですけど、じゃあ、どんなデートが好きか、日本に帰ったらいっぱいデートして、こういうのがいいって教えてください」

「……お、おぅ……」

迷いなく言われたら、「好きだから一緒にいたい」というダヌワ的恋愛観のほうが自然で、同性なら規格外とされてしまう日本のほうが不自然な気がして、青山と行きたいときに行きたい場所へ一緒に行って好きなことをするのは別におかしいことじゃないとすんなり思えた。

これからたくさんデートしようと言われたことも、最初で最後の相手になりたいと言われたことも、嬉しくて胸が震えるんだから、他人がどう思おうとこれが正解なんだと信じられる。

きっと本当に自分にとって青山が最初で最後の唯一の相手になると思う。

自分のような偏屈《へんくつ》で口の悪い研究バカをここまで想ってくれる相手は今後二度と現れないだろうし、自分ももう青山以外の相手は考えられない。

もしこの先、青山の心が離れて破局を迎えても、自分は青山以外の人間はいらないから、死ぬまで他の人間に心を移すことはないと断言できる。

だから破局なんて仮定でも考えたくないし、もし本当に破局したら二度と立ち直れないから極力回避したいが、もしそうなるとしたら絶対原因は自分だ、と心当たりがありすぎて内心青ざめていると、青山がにこやかにコーヒーを渡してくれながら言った。

「『日本に帰ったら』っていう話題、いよいよ現実味を帯びてきましたね。月ヶ瀬さんの任期、来月末まででしたよね」

「あ、うん、ひとまずは。研究自体は終わりじゃねえけど」

フィールドワークは来月で終わるが、日本に戻ってからは採集した伝承の記録や整理分類に分析、論文作成などデスクワークが待っている。

あと一ヵ月か、と改めて思いながら、月ヶ瀬はカップからコーヒーを口に含み、これまでの約二年の出来事を思い返す。

長いようであっという間だったダヌワ族との暮らしを走馬灯《そうまとう》のように数秒で振り返り、青山と出会ってからの五ヵ月の思い出をじっくり反芻《はんすう》する。

当初自然消滅もありうるかもと危惧した遠恋も残すところあとわずかというところまで漕ぎつけ、ほんとに奇跡的によく続いたな、すべて青山の忍耐とフットワークの良さとマメさと俺への愛の賜物《たまもの》だ、とうっすら口角《こうかく》を上げて感慨《かんがい》にふけっていると、

「月ヶ瀬さん、ちょっと我に返ってもらってもいいですか？　相談したいことがあるんです」

と虚空《こくう》を見つめていた眼前で手を振られる。

ハッとして、「……なんだよ」と恥ずかしい脳内モノローグを聞かれたかのような照れくささに駆られて素っ気なく言うと、

「俺の来月のシフト、まだ二週間分しか出てないんですけど、連休がなくて、後半はロケもあるから、もしかしたら俺がこっちに来られるのはこれが最後かもしれないんです。だから、この休暇中に今後のことについて詰めさせてほしいんですけど」

「……ふうん、わかった」

今後のことを詰めると言われても、具体的にピンとこないまま月ヶ瀬は頷く。

恋愛経験が乏《とぼ》しいので、この遠距離恋愛が『恋人関係の長期的な継続』の一過程に過ぎないという自覚が薄く、いま破綻《はたん》せず続いているという目先の成功に舞い上がって、次のステージの近距離恋愛まで思考が追いついていなかった。

「月ヶ瀬さんて、こっちに来る前まで、ご実家で妹さんと暮らしてたんですよね」

唐突に家の話を振られ、月ヶ瀬は目を瞬《しばた》いて頷く。

「うん。いまは妹が結婚して夫婦で住んでるから、帰ったら速攻で部屋探して出ていく予定だけど。すぐ越せるように荷造りとかは出発前に済ませてきたし」

聞かれるまま答えながら、妹たちの話をなんの胸の痛みもわだかまりもなく口にしている自分にすこし驚き、もう完全にふっきれて過去のことになったんだな、と改めて実感する。

月ヶ瀬は小学二年のときに父を、高校生のときに母を病気で亡くしてから、近くに住む叔母一家や隣人一家の助けを借りながら、年子《としご》の妹とふたりで暮らしてきた。

隣家に住む同い年の拓人《たくと》とは幼稚園からの幼馴染で、物心ついた頃には友情以上の気持ちを抱くようになっていたが、ずっとそばにいるためには決して恋情に気づかれてはいけないと隠し続けてきた。

妹の蒼《あおい》と拓人と三人でいつも一緒に兄妹のように過ごしてきたから、拓人から蒼を妹以上にひとりの女性として想っていると打ち明けられたときの衝撃は大きかった。

自分と結ばれることはないと覚悟はしてきたが、まさか妹を選ぶとは思っておらず、普通の失恋より胸を抉《えぐ》られた気がした。

蒼のほうも憎からず拓人を想っており、長い家族ぐるみのつきあいから恋人になったふたりを間近に見ながら表立って反対することもできず、とうとう結婚話が出たとき、ティオランガ行きを決めた。

あたかも偶然のタイミングで調査の話がきたように装《よそお》って、二年不在にすることになったから、その間家を空き家にしたくないし新婚生活は実家で始めたらどうか、トランクルーム代わりに自分の私物を置かせてくれれば帰国したらすぐ出ていくし、家賃がないから貯金に回せるし、自分は交際相手もいないし当分独身だから、戸建《こだ》てに自分が一人暮らしするより妹たちが住むほうがいいし、もし二年のうちに子供ができたら夫の実家が隣だと頼れるし、などとあれこれふたりのためを思って提案しているかのようなフリをしながら、早くふたりの前から消えたい、自分の中の醜《みにく》い嫉妬や傷心《しょうしん》を取《と》り繕《つくろ》わなくて済む場所へ行きたい、ということだけを考えていた記憶がある。

出発前の最後の自虐《じぎゃく》プレイが妹たちの結婚式出席とふたりからの感謝の言葉だったが、あのとき感じたこの世の終わりのような胸の苦痛もいまは「そんなこともあった」という単なる事実に変わり、砂が散るように消えてなくなった。

そう思わせてくれた相手をじっと見つめると、青山は表情を改めて「月ヶ瀬さん」と神妙な声で切り出した。

「あの、帰国後の部屋探しの件で、ひとつご提案があるんですけど……、もしよかったら、俺の部屋も、検討してもらえませんか……？」

「……え？」

そう言われて、咄嗟《とっさ》に青山がちょうどいま住んでいる部屋からどこかへ越す予定だから、そのあとに入らないかと持ち掛けられたのかと思った。

ちなみにそこの家賃と自分の職場までの通勤時間はどれくらいか聞こうとしたとき、青山が真剣な面持《おもも》ちで言葉を継いだ。

「いきなり同居なんてハードル高いかもしれませんけど、ずっと考えてたんです。この超大変な遠恋を乗り切って、せっかく同じ日本国内で、飛行機もカヌーも使わずに会いに行ける場所にいるのに別々に住むなんてもう我慢できないっていうか、とにかくもう月ヶ瀬さんと離れたくないんです……！」

「……え。あの……ど、同居……？」

部屋の又貸しとか後を譲《ゆず》るとかいう話ではまったくない、寝耳に水の単語に目を瞠《みは》って聞き返すと、青山は「はい」と頷いて前のめりに畳《たた》みかけてくる。

「俺の部屋だとふたりじゃ手狭《てぜま》かもしれませんけど、家事雑事は全部俺がやります。ジャングルでの月ヶ瀬さんしか知らないから、日本で普段どんな風に暮らしてたのか想像つかないんですけど、月ヶ瀬さんのライフスタイルを尊重します。ずっと離れたくないって言っても、月ヶ瀬さんがひとりになりたいときは邪魔しないし、ウザがられないようにするし、月ヶ瀬さんが気楽に居心地よく暮らせるように頑張ります。是非前向きに検討してくれませんか？　月ヶ瀬さんはただ上げ膳据《ぜんす》え膳されてるだけでいいので、どうか俺と一緒に暮らしてください、お願いします……！」

「……」

必死すぎるプレゼンをしてがばりと頭を下げる青山を見おろし、月ヶ瀬はしばし思考を止める。

漠然と日本でも青山と近距離恋愛を続けたいと思っていたが、具体的になにも想定していなかったので、いま言われるまで『同居する』という選択肢があるということに思い至らなかった。

突然言われて戸惑いもあるし、まだ早いような気もするが、青山が言った、大変だった遠恋の反動でもう離れたくないという気持ちは自分も充分理解できた。

この五ヵ月、もし叶うなら、会いたいときにすぐ会える場所に相手がいたらどんなに嬉しいかと自分も何度も思った。

日本に帰ったあとも、いま目の前にいる相手に触れられるように、手を伸ばせばすぐそばに青山がいる暮らしができるなら、そうしたい気がする。

誰かと暮らす経験は家族やダヌワ族との特殊な同居しかしたことがないから、恋人と生活を

共にすればまたなにかと問題は生じるかもしれないが、青山となら、遠恋を乗り切れたように
なんとかなる気がする。
初交際相手と初めての遠恋のあとは初めての同棲とは、変化のベクトルが急すぎてついてい
くのが大変だが、最初は不安だらけでも全部杞憂《きゆう》に終わった遠恋の成功体験のおかげで、今度
もきっと大丈夫だと思えた。
「……あの、青山……俺、」
名を呼んで返事をしようとしたが、顔を上げた相手の目に浮かぶ懇願《こんがん》の迫力に押され、舌の
動きが止まってしまう。
短く「いいよ」とか「よろしく」とか、ちょっと長めに「お世話になります」とか「楽しく
やろうぜ」と言えばいいだけなのに、照れくさくてどれもチョイスできない。
逆に「そんなに言うなら、お世話されてやってもいいけど?」とか「おまえ、恋人っていう
より下僕《げぼく》みてえだな」とか「ずっと離れたくないって、トイレまでついてくる気なんじゃねえ
の」とか素直じゃない言葉はぺらぺら出そうになり、月ヶ瀬は慌てて唇を閉じてランチのカゴ
からマンゴーを取り出す。
今後もし破局を迎えるとすれば、絶対自分が不用意に発する心にもない舌禍《ぜっか》が原因に決まっ
ている、と自戒《じかい》しながらポケットナイフをパチッと開く。
相手の顔を見ずに済むようにマンゴーを凝視《ぎょうし》して皮を剝《む》きつつ、なんとか照れずに言える言

い方を見つけておずおず口にする。

「……えっと……、『姉さん、……実は、いまあなたの弟が、帰国したら一緒に暮らしませんかと言ってくれたので、ありがたく、そうすることにします』……」

相手の脳内モノローグ癖を真似て、『姉さん』経由で返事をすると、

「……え？」

ときょとんとされてしまう。

相変わらず察し悪いな、と気恥ずかしさにイラッとして、ポイと河に皮を放り、ひと口サイズに削《そ》いだマンゴーをナイフの尖端に突き刺して相手の口元にぬっと差し出す。

「ほら、食いな。俺だって家事なんにもできねえわけじゃねえし、一方的に上げ膳据え膳じゃなくていい。ちゃんと分担しようぜ、お互い仕事もあんだし」

ここまで言えばいくらなんでもピンとくるだろう、と口を尖らせて軽く睨むと、青山はこくっと唾《つば》を飲み込み、

「……あの、それは、俺と同居してくれる気があるっていう理解で、いいんでしょうか……？」

と八割確信しながら二割疑惑が捨てきれないような上目遣いで確認してくる。

月ヶ瀬はカッと赤面して、

「……だから、そうだっつってんだろ！『姉さん』経由で言った時点で気づけよ！ＯＫだってモロに言うのが恥ずかしいから、おまえの『姉さんモノローグ』パクったのに、とぼけ

た顔しやがって、鈍《にぶ》すぎんだよ。余計恥ずかしかっただろ、このバカ」

照れのあまり逆ギレすると、青山は困り顔の苦笑で弁解する。

「や、だって、まさか月ヶ瀬さんが『姉さん』って言うと思わないから、『あれ、月ヶ瀬さんには妹さんしかいないし、弟って、え……?』って混乱しちゃって、いい返事のところをうっかりスルーしそうになっちゃって」

「トロいんだよ、おまえはもう。……なんか一緒に暮らしたら、しょっちゅうこういうどうでもいい口喧嘩しそうじゃんかよ、俺たち」

そんでつい勢いで罵倒《ばとう》して愛想《あいそ》尽かされて捨てられたら困るじゃねえか、と思いながら相手に向けていたマンゴーの串刺しをバクッと自分で齧る。

照れと怒りで乾いてしまった口の中を甘い果実で潤《うるお》していると、青山がにこっと笑って、

「いいじゃないですか。俺は是非したいですよ、どうでもいい口喧嘩。離れてたら、そんなことすらできないんですよ。それに俺、月ヶ瀬さんに『このバカ』って言われると、『愛《う》い奴』とか言われてるみたいに瞬時に脳内変換できるんで、ボロクソ言われても全然大丈夫です」

とまたレトロな語彙をチョイスして頭のおかしいことを言う。

ほんとバカだな、おまえ、と赤い顔のまま呟くと、青山はもう一度嬉しそうに笑んでから、笑みをおさめて真顔で言った。

「月ヶ瀬さん、俺と同居するって言ってくれて、ほんとにありがとうございます。すごく嬉し

いです。一ヵ月後に日本に戻ってきたら、もう絶対離れずにずっと一緒にいましょうね」

「……お、おぅ……」

ときめきで声が上ずったのを誤魔化《ごまか》すために、またマンゴーを刺したナイフを差し出すと、青山はナイフを持つ月ヶ瀬の手首を摑んで口を寄せた。

普通に食べるのかと思ったら、青山は尖端の果実ではなく、ナイフを握る月ヶ瀬の左手の薬指の付け根にチュッと唇をつけて軽く吸った。

あ……、とさすがに意味を悟《さと》ってドキリと目を見開く月ヶ瀬の視線の先で、青山は今度は手の甲にぺろりと舌を這わせてくる。

「……ン……ッ」

皮を剝くときに手に伝った果汁を舐《な》めとる舌の動きにビクッと震える。

「……ちょ、やめろよ……、こんなところで……」

うろたえて手を引こうとしても余計強く摑んで舐め回される。

「……誰も見てないから、いいじゃないですか……」

ついさっきまで爽《さわ》やかでお茶目な好青年だったはずの恋人が、急にエロいトーンと眼差しと舌遣いで煽《あお》ってくる。

ゾクッと官能的な気分を搔《か》き立《た》てられ、息が軽く上がってくるのをなんとか堪える。

「……やめろって……こんな外で……森から猿とかが見てるかもしんねえだろ……」

なんとかムードを壊そうとしても、

「いいですよ、別に猿にならなら見られても……。月ヶ瀬さんが甘い匂いで濡れた手なんか迂闊《うかつ》に近づけるのが悪いんでしょう。禁欲後の解禁日はすぐエロスイッチ入っちゃうって、わかってるくせに……」

人のせいにして指や手の甲をあますところなく舐めた舌で今度はツーッと肘《ひじ》のほうまで舐め下ろされる。

「……っ、そんなとこまで汁垂《た》れてねえしっ……、せっかく珍しく素直に『あーん』してやろうと思ったのに、勝手にスイッチ入れて……こら、もう俺の手じゃなくマンゴー食えってば！」

なんとか腕をふりほどいてグイッとマンゴーつきナイフを相手の口に押し込む。

「ちょっと、危ないじゃないですか、そんな突っ込まないでくださいよ」

青山がマンゴーだけ歯で抜き取ってから、

「刺さったらどうするんですか。ひどいですよ、めちゃくちゃおっかない『あーん』だった」

とぶちぶち言いながら咀嚼《そしゃく》する。

「さっさと食わねえからだ、このムッツリが」

照れ隠しにぴしりと叱ると、「だって、マンゴーより美味しそうだったから……」と上目遣いで言い訳され、ついほだされてもう一度チャンスを与えることにする。

大きめに削ぎ切りしたマンゴーで相手の唇をチョンと軽くつついて「ほら、あーんしろ」といなすように言うと、今度はエロスイッチを発動させずに「ありがとうございます、あーん」と笑顔で口を開ける。

エロい青山もドキドキして好きだけど、こういう可愛い青山もすごく好きだ、と思いながら餌付《えづ》けする。

こいつと一緒に暮らしたら、こんな風にバカみたいで他愛無《たわいな》くて、でも楽しくてときめくやりとりをたくさんできるのかな、と小さく口角を上げつつ、残りのマンゴーを削いでは自分と相手の口に交互に入れて完食する。

平べったい種をヒュッと振りかぶって岸辺の木立ちに向かって投げると、思いがけず潜《ひそ》んでいた野生動物に当たってしまったらしく、「☠♨🌝!」と表記しにくい悲鳴が上がった。

ギョッとふたりで息を飲み、顔を見合わせる。

「な、なんすか、いまの……」

「わかんね……、けど、もし野イノシシだったら怒って向かってくるかも……!」

「えっ、野……!?」

「戻れっ、逃げるぞっ」

すぐに青山を元の位置に座らせ、エンジンをかけて猛スピードで岸辺から離れる。

一気に二十メートルくらい加速しながら振り返ると、元いた場所は去ったときと同じ無人のまま、怒れる野生動物の姿はなにも見えなかった。

ほぅっと肩で息をついて前を向くと、青山と目が合う。

「……」

数秒の間ののち、ふたり同時にブハッと爆笑する。

「あはは、超焦ったぁ。なんかわかんないけど、殺《や》られるッ！　って超ビビったじゃないですか……！　月ヶ瀬さん、変にコントロール良すぎなんですよ。なんで適当に投げた種、命中させちゃうんですか！」

「知らねえよ、たまたま当たっちまったんだよ。おまえこそ、ビビりすぎなんだよ。ハニワみたいな顔してビビってんじゃねえよ、笑えるだろ」

「だって、月ヶ瀬さんが真顔で野イノシシって言うから、マジで牙《きば》で襲われるかもって凍りついちゃったんですよ。そもそも月ヶ瀬さんが種投げたのが悪いんじゃないですか。河に捨てればよかったのに」

「森に投げたら落ちたとこにマンゴーの木がまた育つかなって思ったんだよ。けど、イノシシか猿かわかんねえけど、当てちゃって悪《わ》りいことしちまった……」

「でもたぶん致命傷《ちめいしょう》ではないですよ。『ホガッ』とか『ヒャワッ』みたいなびっくりしたっぽい鳴き声だったし、断末魔《だんまつま》の悲鳴じゃなかったから」

「うーん、だといいけどな」

最前のやや色っぽい雰囲気は思わぬハプニングでかき消えたが、その話題でいつまでも盛り上がり、ダヌワの森までゲラゲラ笑いながら戻った。

ログハウスに帰ると、青山が来るのを楽しみにしていたトゥクトゥムたちやダヌワの人々が入れ替わり立ち替わり遊びに来て、やっとふたりだけになれたのは夜も更《ふ》けた頃だった。

禁欲解禁日にエロスイッチが入りやすいのは月ヶ瀬も同じだったから、明け方まで抱き合って遅く起きた翌朝、昨日川辺で種をぶつけたのが実は野イノシシではなかったと判明したのだった。

＊＊＊＊＊

「……んん……？　ブヒ……？」

月ヶ瀬《つきがせ》はまだ半覚醒のまま、外から聞こえる豚の鳴き声に起こされて呟く。

なんで豚がうちの近くにいるんだろう、とぼんやり薄目を開けると、すっかり明るくなった寝室のベッドの中で、隣で眠る恋人のアップが飛び込んでくる。

白い蚊帳《かや》越しに光が差し込む中、青山《あおやま》の左腕は自分の首の下に、右手は裸の胸元に置かれており、以前もらった手紙にあったホイットマンと同じ気持ちを味わう。

ゆっくり寝顔を眺める機会はいままで持てなかったから、今日は相手が起きるまでずっと見つめていようと微笑んだとき、表でブヒブヒコケーッと複数の動物が騒ぐ気配に月ヶ瀬は眉を顰《ひそ》める。

「……なんだよ、もう……ムードねえな……」

あなたが言うかと青山が起きていたら思いそうなことを呟いて、月ヶ瀬は様子を見にいくためにそっとベッドを抜け出す。

恋人を起こさないように静かに服を着て部屋を出て、玄関のドアを開けて外を見た瞬間、月ヶ瀬は呆気《あっけ》に取られて目を瞠《みは》った。

「……なんだこれ……」

高床式の玄関から地面に降りる階段の左右に、黒牛一頭、ヒクイドリ一羽、豚三匹、ハリモグラ一匹、ニワトリ五羽、小猿一匹、極楽鳥一羽が、それぞれ紐《ひも》に繋がれて階段の柵《さく》に結びつけられ、キーキークエクエ鳴きながら紐の届く範囲を動き回っている。

さらに生きた動物だけでなく、玄関前の板張りのポーチに大量のパパイヤやパイナップルなど多種類の南国フルーツが綺麗に層を作ってピラミッド状に積み上げられ、一番上に大きな粒の宝貝《たからがい》を繋げた首飾りが乗せられていた。

「……誰が持ってきたんだ、こんなに……」

ティオランガの先住民の中には、婚資《こんし》として男が妻にしたい相手に宝貝の装飾品や、相手の価値に見合う動物を贈る風習がある部族もいるが、結婚制度のないダヌワに婚資の習慣はないし、海も遠いので貝細工は集落で見たことがない。

ダヌワでも性的な誘いの際にプレゼントを渡すが、自分は誰とも応じないと知られているし、青山も自分の相手だと認知されているから、そういう意味でのプレゼントではないと思われる。

もしかしたら、昨夜《ゆうべ》トゥクトゥムたちに青山が来るのはこれが最後かもしれないと話したから、いつも小包でいろいろ差し入れしてくれたことへの感謝の意味で、みんなで用意してくれたのかもしれない。

でも、この牛や豚は元々ダヌワの集落にいたものじゃないし、宝貝のネックレスもどこか遠くの部族から物々交換して入手してきたんだろうか、と考え込んでいると、背後から「月ヶ瀬さ～ん」と青山が声をかけてきた。

「起きるなら、一緒に起こしてくださいよ。牛の鳴き声で目が覚めたらひとりだったから、また全部夢オチかって泣きそうに……、ん？　なんすか、このプチ動物園は⁉」

ぎゅっと背中から抱きついてきた青山が肩越しに庭先の光景を見て叫ぶ。

起き抜けから隙あらばくっついてくる恋人に内心照れとときめきで悶《もだ》えながら、月ヶ瀬は素《そ》っ気《け》なく答える。

「わかんねえ、起きたらこんなことになってた。たぶん、村人からのおまえへの感謝のプレゼントなんじゃねえかと思うんだけど」

「えっ、ほんとに⁉　嬉しいけど、生きた動物もらっても……猿も可愛いけど飼えないし」

月ヶ瀬はふっと笑い、

「いや、これ、ペットじゃなく食用にくれたんだぞ。ひとまず、俺、ひとっ走りトゥクトゥムに聞きに行ってくる。こんな家の目の前でずっとブヒブヒ言われても困るしな」

と強《し》いてさばさば言い、昨夜さんざんエロいことをしてきた相手の腕を外して階段を降りる。

「あ、月ヶ瀬さん、待って、俺も行きます……！」

急いで追ってこようとした相手を肩越しに見上げ、

「いいって、おまえは待ってろ。すぐ帰ってくるから、朝飯の支度でもしててくれよ。また日本からいろいろ美味《うま》いもん持って来てくれたんだろ？」

楽しみにしてるから、と言い置いてダッとひとりで駆けだす。

なぜかエロい行為の最中よりも、普段の時のほうが照れくさい気がしてしまい、相手の前で平常心を装《よそお》えるようにすこしインターバルが欲しかった。

わかりました、早く帰ってきてくださいね、と背後から聞こえた少し残念そうな声に振り向かずに片手を振り、月ヶ瀬はダヌワの集落へ向かう。

弟のエルぺと遊んでいたトゥクトゥムに豚や牛の件を訊ねると、まったく心当たりがないと言う。

『え、ほんとに？　じゃあ、ダヌワのみんなじゃないのか……。なら、あれは一体誰が……』

月ヶ瀬は困惑して眉を寄せる。

ダヌワの集落の情報伝達速度は早いので、トゥクトゥムがプレゼントの発案者じゃないとしても誰かが関与していれば、事情は全員に知れ渡っているはずである。

『レン？』ときょとんとして問うトゥクトゥムの表情から、本当になにも知らない様子が窺え、すこし考えてから月ヶ瀬は言った。

『トゥクトゥム、あとでうちに来てくれないか？　カノカ長老のところに動物たちを連れていって、どうすればいいか相談したいんだ。結構いっぱいいるから、運ぶの手伝ってほしいんだ』

『わかった。長老がいいと言えば、食べられる？』

『そうだな。ダヌワの領地のものはダヌワのものだから。日本じゃ「送り付け商法」っていう、勝手に送ってきて受け取っちゃったらお金取るっていう犯罪もあるんだけど』

『よくわかんない』

『だよな、ごめん。とりあえず、先に帰るよ。マサトが待ってるから。じゃあまたあとで』

『うん。サヌー』

トゥクトゥムと別れて森を戻りながら、月ヶ瀬は再び眉を寄せる。

あれがダヌワ族からの青山へのプレゼントじゃないとしたら、俺宛てなんだろうか。

でも、この五ヵ月間、街に買い出しも行かずに森に籠《こも》ってたから、ダヌワ族と青山以外の人間と関わってないし、コマラワの永野《ながの》さんとは毎日無線で話すけど、彼女のわけもないし、まったく相手の見当がつかない。

……まさか、知らない間に他部族の誰かがダヌワの森まで越境《えっきょう》してきて俺を見かけて、女顔だし、ログハウスの洗濯物にピンクのふしぎガッテンTシャツがあるのを見て女だと勘違いして、嫁にしようと目論《もくろ》んでいろいろ持ってきたんだろうか。

いや、そんなわけないと思うけど、あんなに婚資みたいなものを置いていったということは、また来るかもしれない……、いや、まだ帰ったわけじゃなく近くにいるかもしれない、と家にひとり残してきた青山の身を案じて月ヶ瀬は急いで駆け戻る。

森の出口に差し掛かったとき、不意に木の陰から見知らぬ男が姿を現した。

ぎょっと息を飲んで足を止めると、

『やあ、美しい君。俺はリドイア族のシムキッド。族長の息子だよ。どうぞよろしく』

と気障《きざ》な英語で話しかけられた。

シムキッドはカフェオレ色の肌に黒い瞳、黒髪はダヌワ族のように縮《ちぢ》れておらず、垢抜《あかぬ》けた雰囲気の美形だった。

リドイア族のことは名前を聞いたことがある程度だが、学校教育を受けて習得したような流《りゅう》暢《ちょう》な英語や、ブンデスリーガのユニフォームのTシャツにハーフパンツ、足元はコンバースのバッシュというでたちからも、文明社会寄りの育ちだと見て取れる。

他部族でも森の境界線上に柵があるわけではないので来ようと思えば来られるが、ダヌワ族が平和的なだけで、縄張り意識の強い部族の地に入れば攻撃される怖れもあり、普通は交易《こうえき》目的でもない限り他部族の集落のそばには近寄らないのが暗黙のルールである。

胡散臭《うさんくさ》く思いつつ、とりあえず言葉が通じるので、

『初めまして。俺はレンと言いますが、あなたが、うちの玄関にあの品々を……？』

と一応礼儀として名乗ってから訊ねると、シムキッドは頷いた。

『そうだよ、気に入ってくれたかな。俺としてはもっと欧米風に跪《ひざまず》いて指輪を渡して申し込みたかったんだけど、君はどうやら外国から先住民研究に来た人のようだから、逆に部族伝統のやり方のほうが喜ぶかと思ったんだ』

さらりと求愛の意を認める相手に月ヶ瀬は狼狽《ろうばい》しながら首を振った。

『シムキッドさん、なにか誤解があるようですが、もし俺を女性と勘違いしているんだったら、正真正銘男ですし、もうパートナーもいます。それに近々ティオランガを去るので、あなたとおつきあいすることはできません。お手数ですが、あの婚資はすべて持って帰っていただけますか？』

こんなとき青山だったら相手を傷つけないように『お気持ちは大変ありがたいんですが、お応《こた》えできません』などとソフトに断るのだろうが、そんなまどろっこしいことをしたら、こういう勘違い野郎には通じないかもしれないので、一ミリも望みはないと誤解の余地なくきっぱり伝える。

シムキッドは余裕の笑みで肩を竦《すく》めた。

『もちろん、君が男だってちゃんとわかって申し込んでるよ。リドイア族の掟《おきて》では、本妻がいれば第二夫人は男でも構わないんだ』

「……は？」

呆気に取られる月ヶ瀬にシムキッドは悪びれずに続けた。

『出会うのがすこし遅かっただけさ。出会えたのが昨日だからね。昨日君にひとめ惚れして、絶対俺のものにするって決めたんだ』

『え……昨日……？』

こんな男に会った記憶はこれっぽっちもなく、なにかの間違いでは、と訝《いぶか》しむと、シムキッドは片手でさらりと前髪を上げた。

『ほら、これが証拠』

露《あら》わになった額《ひたい》をよく見ると、すり傷のついた小さな瘤《こぶ》ができていた。

『昨日、いつもの釣り場に行ったら、君たちが先客でいたから、いなくなるまで待ってようと思って隠れて見てたんだ。そしたら恋人といちゃいちゃしながらマンゴー食べてる君の顔から目が離せなくなって、いきなり種をぶつけられた瞬間、恋に落ちたんだ』

「……え」

なぜその瞬間に……？　と唖然としつつ、昨日の変な悲鳴は野イノシシじゃなくこいつだったのか、と焦《あせ》って詫《わ》びようとすると、シムキッドが楽しげに続けた。

『それでカヌーでとんずらしていく君たちを森から追いかけて、住まいを確かめた。どうしても君が欲しかったから、たくさん婚資を張り込んで戻ってきて、今朝家をノックしたけど寝てるみたいだったから、あまりおおっぴらにダヌワの土地にいるのもまずいし、見つからないようにしばらく身を隠してタイミングを計ってたんだ』

『……はぁ』

経緯《けいい》はわかったが、なんにせよ断ることに変わりはなく、月ヶ瀬は怪我の謝罪のためだけに頭を下げた。

『シムキッドさん、昨日は種をぶつけてしまって本当に申し訳ありませんでした。まさか人がいるとは思っていなかったもので……、お怪我をさせてしまったことは心からお詫びします。でも、繰り返しますが、お申し出はお受けできません』

頭を上げると、シムキッドはそれまで浮かべていた笑みを消し、ふぅと大仰《おおぎょう》に溜息を吐いた。

『そうか。とても残念だよ。レンはなかなか手強《てごわ》いね。合意を得て迎えたかったけど、仕方がない。実力行使させてもらうよ』

言い終わると同時にシムキッドはポケットから小さな吹き矢を取り出し、フッと口に当てて吹いた。

「……っ！」

シュッと首元を通り過ぎる竹針の音と同時にピリッと鋭い痛みが走る。

なにしやがる、と叫ぼうとしたが、声を出す前に眼前が歪《ゆが》んですぐに真っ暗になり、なにもわからなくなった。

＊＊＊

「……どうしたんだろ、月ヶ瀬《つきがせ》さん、遅いな……」

食事の用意を終えてもまだ戻らない恋人を迎えに行こうと玄関の階段を下りたとき、森からトゥクトゥムがひとりでやってきた。

『ポイドー、マサト。わぁ、ほんとに牛がいる！　豚も！　すごいね、誰がくれたのかな』

『え……？』

これってトゥクトゥムたちが俺にくれたものじゃないのか？　と首を捻《ひね》りつつ、

『まあいいや、ポイドー、トゥクトゥム。ねえ、レンさんは？　一緒じゃないの？』

と訊ねると、『先に帰ったよ』とあっさり言われ、青山《あおやま》は『え、ほんと？』と驚いて聞き返す。

『それっていつ頃？　何分ぐらい前？』

『？　ナンプンって？』

首を傾《かし》げられ、時の数え方が違うダヌワ族に聞き方がまずかった、とすこし考えてから、

『ええと、トゥクトゥムがレンさんとサヌーしてから、ここに来るまでトゥクトゥムがしたこと、教えてくれる?』

その所要時間で何分前か確かめようとすると、『えーと、エルペとバナナを食べて、眠い顔したからハンモックに寝かせて歌を歌って、レトゥが来たからおしゃべりして……あとは』としばし続き、結構前に別れてるのにどうしてまだ戻ってこないんだ、と青山は胸騒ぎに駆られる。

もしかして、昨夜《ゆうべ》全然寝かせてあげなかったから寝不足なのに、朝ごはんも食べずに行っちゃって、疲労と眠気と低血糖で行き倒れてるんだろうか、それとも急に茶目っけを出して、見つけてもらおうとこっそり隠れてるとか、と家の周辺を探したが、月ヶ瀬の姿はどこにも見当たらなかった。

どこに行っちゃったんだろう、と眉間《みけん》に皺《しわ》を寄せて裏庭から戻ってくると、小猿を構いながらフルーツタワーの下に敷かれていた布を見ていたトゥクトゥムが言った。

『マサト、この四角い模様、たぶんリドイア族の織物だよ。この首飾りも、リドイア族が好きな人にあげるものだと思う。見たのは初めてだけど、おばあちゃんに聞いたことある』

「え……?」

初耳の部族の名とネックレスの由来を聞き、改めて粒ぞろいの美しい宝貝《たからがい》の細工や、綺麗なグラデーションのフルーツタワーや、ブヒブヒバタバタしている動物たちにもう一度視線を走らせ、青山は確信する。

……これは、きっとそのリドイア族の誰かが、月ヶ瀬さんを嫁に欲しくて用意した貢物《みつぎもの》だ……！

以前中東の遊牧民のロケをしたとき、新郎が花嫁を羊二十頭と交換したと言っていたし、これもきっとそれと同じ意味合いの結納《ゆいのう》の品々に違いない。この密林の中でこれだけ揃えるのは大変だろうし、相手の月ヶ瀬さんへの本気度は高いのではないか。

まさか、月ヶ瀬さんがまだ帰ってこないのは、そいつに連れ去られたからでは……、と顔面蒼白《そうはく》になり、「……させねえぞ、そんなこと……！」とギリッと奥歯を噛みしめる。

青山はがしっとトゥクトゥムの肩を摑み、

『トゥクトゥムッ、レンさんはリドイア族に攫《さら》われたかもしれないっ。今すぐ追いかければ追いつけるかもしれないから、一緒に来てくれ！』

と有無《うむ》を言わせぬ形相《ぎょうそう》で頼む。

ひとりで駆けつけたいのは山々だが、地元民の助けなしにジャングルに踏み込めば、恋人を救う前に自分が遭難してしまう。

視力5・0以上で聴力も人間離れしたトゥクトゥムをレーダー役に、密林の中を探しながら追いかける。

「月ヶ瀬さーん！　どこですかー！　無事ですかー!?　返事してくださーい！」

青山が日本語で絶叫する傍《かたわ》らで、トゥクトゥムが婚資《こんし》の牛たちが辿《たど》ってきた足跡や糞《ふん》を手掛かりに『マサト、こっち。あと、その草の下に蛇いる。踏んじゃダメ』と命にかかわるナビもしてくれる。

ふたりで「月ヶ瀬さーん！」『レーン！』と呼びながら、緑の迷路のような密林の中を山坂越えて追いかけると、ようやく森の中でも真っ直《まっす》ぐ前が見晴らせる長い道の先に人影を見つけた。

誰かを抱いて歩いている男の後ろ姿が普通に洋服を着ていたので、ついリドイア族もダヌワ族のようなプリミティブな衣装の部族かと思い込んで、あれは違うな、と思ったとき『レンだ。ぐったりしてる』と隣でトゥクトゥムが言った。

バッともう一度目を凝《こ》らすと、男の背中の両脇から見える人の手足はだらりと脱力しており、まさか嫌がる月ヶ瀬さんを殴って気絶させたのでは、とブチッと切れる。

「待てゴルァーッ!!　俺の恋人になにしやがったーッ!!　てめえに月ヶ瀬さんを嫁にする資格も、姫抱っこする権利もねえーッ!!」

怒髪天《どはってん》を衝《つ》き、巻き舌で絶叫しながら猛然とダッシュする。

背後五メートルまで迫ったとき、やっと男が足を止めて振り返った。

『うるさいな、野蛮人《やばんじん》みたいな下品な声を出すな』

流暢《りゅうちょう》な英語で小馬鹿にしたように言われ、青山はさらに突進しながら叫ぶ。

『おまえが言うな！　人の恋人かっさらった奴がよくも……、その人は俺のだ！　さっさと返せ！』

相手の腕から失神した恋人をもぎ取ろうと飛びかかると、相手は月ヶ瀬を抱いたままヒラリと身を躱《かわ》す。

『嫌だね、もう婚資は渡したし、レンは俺のものだ。白い肌の美しい第二夫人が欲しい』

『ちょお待てや！　第二夫人⁉　つか、あんなもんで月ヶ瀬さんを嫁取りできるわけねえだろ！　月ヶ瀬さんの価値は、たとえ極楽鳥を千羽、いや金塊《きんかい》千トンでも交換できない世界にただ一人の人なんだ！　おまえになんか渡すかァーッ！』

逃げる男の背中に足も使って飛びついたとき、「……う、うーん……」と恋人の小さな声が聞こえた。

「月ヶ瀬さんっ、気が付きましたか⁉　大丈夫ですか、こいつに殴られたんですかっ⁉」

掠奪犯《りゃくだつはん》の首根っこを摑みながら背後から問うと、月ヶ瀬はぼんやりと焦点の合わない視線を彷徨《さまよ》わせ、自分を抱く相手を見あげた瞬間、カッと目を見開いていきなりボカッとアッパーカットを見舞った。

アウチッと怯《ひる》んだ男の腕から身を捩《よじ》って自力で抜け出そうとして、月ヶ瀬はよろめいてドタリと地面に転げ落ちた。

「月ヶ瀬さんっ！」

慌てて男の背から身を剝《は》がし、倒れた恋人を助け起こす。

「大丈夫ですかっ、怪我は……ッ？」

「……へ、平気……、おまえ、来て、くれたのか……」

途切れ途切れにそう言って、月ヶ瀬はうっすら瞳を潤《うる》ませた。

すこし舌が回らないような様子や、倒れてしまったことからも、なにか薬を盛られてしまったのかも、と青山は唇を嚙んでひしっと抱きしめる。

「月ヶ瀬さんっ、ひどい目に遭《あ》って……でも間に合ってよかった……！　こいつの嫁にされる前に取り返せて、ほんとによかった……！」

安堵のあまり自分も涙ぐみながら搔《か》き抱《いだ》くと、

『まだ取り返したと思うのは早いな』

と背後から不敵な声が降ってくる。

なに、とキッと振り仰《ふあお》ぐと、男は小さな笛のような木の筒《つつ》を口に当てて青山を見おろしていた。

「よけろ、吹き矢だ……っ！」

月ヶ瀬に胸を押されて突き飛ばされたのと、バタンッと急に男が倒れてきたのが同時だった。

「へっ⁉」

いつのまにかトゥクトゥムが手近な木から取った蔦《つた》を素早く男の両足首に巻き付けて後ろに

引いたらしく、顔面から倒れた男はリドイア語で「なにすんだ、この野郎！」的なことをわめいている。

『この人は悪い人だから、タガイーしない。吹き矢しないように口も手も縛《しば》る』

トゥクトゥムはそう言って、もがく男の両手を後ろ手に蔦で縛り、口にも巻く。

普段は穏やかなトゥクトゥムのやるときはやる姿に感銘を受けながら、青山も地面に落ちていた吹き矢を拾って森の奥に向かってできるだけ遠くに投げる。

うーうーと呻《うめ》きながら蠢《うごめ》く男を刺すような目で見据《みす》え、月ヶ瀬がゆらりと立ち上がった。

『シムキッド、よくも俺に吹き矢なんか見舞いやがったな。てめえの第二夫人になんかなるわけねえだろ。冗談じゃねえ。俺はバカみてえに俺しか眼中にない一途《いちず》な奴しか相手にしねえんだ。俺の首に傷をつけた落とし前に、あの婚資はダヌワ族に食わせるからな。文句は言わせねえぞ。このトゥクトゥムはダヌワ族の次期族長だ。てめえもリドイア族を継ぐなら、トゥクトゥムをなめないほうがいいぜ。俺は研究者としてどの部族にも友好的に振る舞いたかったが、てめえには無理だ。二度とその面《つら》俺の前に見せるんじゃねえ』

ドスを聞かせた声で啖呵《たんか》を切り、とどめにシムキッドの股間を踵《かかと》でひねりつぶして完全にマウントを取ってから「行こうぜ」と青山とトゥクトゥムに顎《あご》をしゃくる。

……かっこいい……！　と美しくも敵に回したら怖すぎる男前な恋人に改めて胸を鷲摑《わしづか》みにされながら、急いで隣に駆け寄る。

三人並んで歩き出してから、

「……あいつ、あのままにして大丈夫ですかね……」

と後方から聞こえる呻き声が若干《じゃっかん》気になって隣を窺う。

許しがたい相手だが、縛ったまま置き去りにしてなにかに食われたりしないだろうかと案じると、月ヶ瀬はにべもなく言った。

「平気だろ。トゥクトゥムがすこし緩めに巻いてたから、そのうち自力でほどいて帰んじゃね」

なるほど、ちゃんと手心を加えてたのか、とトゥクトゥムに目をやり、

『トゥクトゥム、本当にありがとう。トゥクトゥムのおかげで助かった。トゥクトゥムが次期族長って知らなかったけど、ほんとに賢くて優しくて強い、立派な族長になれると思う』

と心から言うと、トゥクトゥムはきょとんとした顔をする。

『僕、次の族長？　そんなこと、カノカ長老に言われてないよ』

あれ、と月ヶ瀬を見ると、

「いや、あれはシムキッドが族長の息子だって言ってたから、はったりきかせただけ。けど、いずれほんとになるんじゃねえかな。おまえの言う通り、トゥクトゥムには資質があるし」

とトゥクトゥムの頭をぽんと撫でて『ありがとな、マサトと助けに来てくれて』と労《ねぎら》う。

トゥクトゥムは嬉しそうに笑い、

『レン、起きてよかった。レン、ぐったりしてるとき、マサトいっぱい怒ったけど、あの人が

悪いから、マサトに悪い精霊来ないよね』

とすこし心配そうに月ヶ瀬に確かめる。

月ヶ瀬はふっと笑って頷き、

『うん、大丈夫だ。悪い精霊はシムキッドのほうに行くから』

と安心させてから、『……けど、そんなに怒ってたのか？　マサトは』と興味なさそうな口ぶりでぽそっと訊く。

素直なトゥクトゥムは『うん』と頷き、

『えーとね、「マテゴルアー」とか「テメエニ、ヒメダッコ、ケンリネー」とか叫んでた』

と高いリスニング能力を披露《ひろう》してしまい、青山はギクッと焦《あせ》って赤面する。

そんな日本語覚えなくていいぞ、と苦笑する月ヶ瀬にトゥクトゥムがさらに報告を続けた。

『あと、レンは俺のだ、とか、レンは極楽鳥千羽とも、キンカイ千トンとも換えられない世界に一人の人だから、渡さないってわめいてた』

「……ふうん」

トゥクトゥムの前でこっぱずかしいこと言ってんじゃねえ、と急に逆ギレするかも、と身構えていると、しばらく黙って歩いていた月ヶ瀬が「……青山」と小さな声で呼びかけてきた。

足を止めた相手に合わせて立ち止まると、目が合った相手は薄く目許《めもと》を赤くしてぶっきらぼうに言った。

「……その、俺、まだちょっと、手足がしびれてて、足元がふらつくから……、しばらく、おぶってくんねえか……？」

「え……」

唐突なリクエストに目を瞬《しばたた》き、

「あ……、はい、もちろん」

と急いで相手の前に背を向けて腰を落とす。

……これは、月ヶ瀬さんなりの精一杯のデレだ、と気づいて胸が騒いだ。

たぶん、俺がシムキッドに言った言葉を聞いて、ちょっと嬉しく思ってくれて、くっつきたい気分になってくれたんだけど、照れ屋で気軽に腕組んだり手を繋いだり平気でできる人じゃないから、もっともらしい理由をつけて、ほんとは歩けないほどしびれてるわけじゃないけど、おんぶをねだってきたに違いない。

不器用すぎて可愛すぎるスキンシップの図《はか》り方にときめきながら背負うと、ぎゅっと前に回した腕でしがみつかれ、やっぱり甘えられてる……！　と言葉より雄弁《ゆうべん》なボディランゲージに悶《もだ》える。

来る時はハラハラ心配でおかしくなりそうな気持ちで通った同じ道を、今度は幸せな重みとぬくもりに舞い上がりながら戻る。

まだ吹き矢の影響が残っているという態《てい》を取っている相手に合わせて、

「それにしても、吹き矢の威力ってすごいですね。塗ってある薬の威力なんだろうけど、一発で気絶しちゃうなんて」

「うん、ヴィロラっていう木の樹脂《じゅし》から作る天然の麻酔薬で、ほんとは動物の狩りに使うものなのに、あの野郎……」

憤慨《ふんがい》する月ヶ瀬と一緒に憤《いきどお》りながら、シムキッドのすかした表情を思い浮かべて青山は眉を寄せる。

「……けど、あいつ、ほんとに月ヶ瀬さんを諦めてもう手出ししてきませんかね。月ヶ瀬さんの任期、まだ一ヵ月残ってるし、俺がずっとそばに張り付いてガードしたいけど、できないし……、なんか心配でおちおち仕事してられないかも……」

気を揉《も》む青山に月ヶ瀬がプッと笑う。

「俺を守りたいっていう意気込みは買うけど、トゥクトゥムならともかく、おまえがいたってたいして役に立たねえだろ。大丈夫だよ、今日は不意打ちだったから油断したけど、帰るまでアレックスの弓矢をいつも持つことにするから。俺の腕前知ってるだろ。それに、シムキッドはもう来ねえよ。あいつは俺の見てくれが気に入ってちょっかい出してきただけだから、本性見せてこてんぱんに振ったし、もう懲《こ》りて俺の顔も見たくねんじゃね。俺にボロクソ言われても喜ぶドMはおまえぐらいだから、安心して仕事しろ」

照れ隠しにしても随分なことを言われた気がしたが、そろっと髪に頬をすり寄せてくる相手の仕草のほうがきっと言葉より本心に近いはず、とボディランゲージを信じることにする。

それにさっきシムキッドに『バカみたいに俺しか眼中にない一途な奴の相手しかしない』と言ってたし、それはどう考えても俺のことだから、トゥクトゥムより役立たずと罵倒《ばとう》されても自信持とう、とポジティブに受け止め、青山は奪われかけた恋人を無事ログハウスまで連れ帰ったのだった。

＊＊＊＊

「わぁ、五カ月ぶりだけど、何度見ても最高に綺麗ですね、ここは……！」

翌日、月ケ瀬《つきがせ》は以前ふたりで行った密林の奥にある秘密の泉に青山《あおやま》を誘った。

初めて案内したときに『こんなに綺麗な場所は見たことない』と絶賛していたし、また行きたいと言っていたが、これまでの来訪《らいほう》時は所要時間の関係で行けなかったので、この休暇中に是非一緒に行きたいと思っていた。

恋人になる前、「今度来たとき、野生蘭《やせいらん》の泉でドラマみたいな台詞《セリフ》で告白するから返事をくれ」と言われ、そんなことをされたら恥ずかしくて悶絶《もんぜつ》するからしなくていいと断ったが、この場所は喧嘩して仲直りできたいい思い出もある。

休暇初日にジャングルクルーズをしながら青山が言った『人生最高のひととき』ランキング

にこの場所でのピクニックデートも追加してほしくて、また弁当持参でやってきた。

ただ、相変わらず辿《たど》りつくまでが汗と泥《どろ》にまみれずには行けないハードな場所だったが、緑の蔦《つた》のカーテンに囲まれた窪地《くぼち》の泉は今日も静謐《せいひつ》に水を湛《たた》え、甘い香りを放つ真紅《しんく》の蘭も、蜜《みつ》を吸う青い蝶《ちょう》の群れも、前と変わらず圧倒的な色彩美に溢《あふ》れ、ひと目で道程の苦労を消し去ってくれる。

水底の木石《ぼくせき》を覆《おお》う苔《こけ》まで見える澄んだ水を両手で掬《すく》い、二時間のデスロード越えで火照《ほて》った顔を洗う。

汗だくのTシャツを脱いで替えのシャツを被《かぶ》りながら、

「顔だけじゃなくて、いっそ身体も洗いてえくらいだな。大汗かいたし、水冷たくて気持ちいいし」

と何の気なく言って、「さあ飯食おうぜ」と言いかけると、水辺で腕を洗っていた青山が瞳に「ナイスアイディア」と露骨《ろこつ》に浮かべて振り返った。

「ねえ、月ヶ瀬さん、ほんとに浴びちゃいましょうよ。ここの水綺麗だし、誰もいないし、さっさと脱いで一緒に入りませんか？　絶対気持ちいいですよ。『恋人と泉で水浴び』って俺の『人生で一回やってみたいこと』ランキングの上位に入ってるし」

おまえいくつランキングあるんだ、と呆れながら、月ヶ瀬はきっぱり拒否する。

「やだ。こっぱずかしい。なんで真っ昼間に外で裸にならなきゃいけねんだよ」

ログハウスで一緒にシャワーを浴びるのも恥ずかしいのに、外でそんなことできるか、と赤くなって撥《は》ね付《つ》けると、青山は全力説得モードで食い下がる。

「いいじゃないですか。月ヶ瀬さんが自分で『身体洗いたい』って言ったんだし、ここはダヌワです。みんな外で裸だし、みんな外で致してるから、全然恥ずかしいことじゃないです」

「恥ずかしいに決まってんだろ！　それに、いつのまにか『水浴びしよう』じゃなくなってんじゃねえかよ、言ってることが」

「はい。すいません、訂正します。『恋人と野生蘭の泉のほとりで野外Hをする』というのが俺の『死ぬ前に一度は叶えたい夢』ランキングの上位に入ります。俺のこの夢、月ヶ瀬さんの『恋人がごねるから、しょうがねえから叶えてやろうかな』ランキングに入りませんか……？」

「……」

入らねえよ、と即答しようとして、チラ、と視線を周囲に走らせる。

外で致すなんてダヌワ族でもないのにありえないし、汗だくで汚いし、猿が見てるかもしれないし、こんなところでできるわけない、と八割思う。

でも、誰も足を踏み入れないこの美しい場所に青山と来ることは、これが最後になるかもしれない。ふたりとも帰国したら、そう簡単にまた来られる場所ではないし、これがこの場所で相手の『死ぬ前に一度は叶えたい夢』を叶えてやれる最後の機会なら、あとで「あのとき言う事聞いてやってもよかったかな」と思うより、「あんなところでやっちまった……！」と悶絶《もんぜつ》するほうが、すこしは後悔が少ないかもしれない。

赤い布の上に柄のように散らばる蝶を見つめ、ここは自分の気に入りの場所だし、『ついほだされて羽目を外してしまった』ランキングに入ることをしてしまっても、まあいいかな、と心を決め、期待と懇願《こんがん》の瞳で自分を窺う恋人に返事をする。

「……しょうがねえから、『渋々おっぱじめたけど、やってみたら最高によかったH』ランキングの上位に入るように頑張んな」

照れの反動でキレ気味に言うと、青山は一瞬目を瞠《みは》り、「……善処《ぜんしょ》します！」と力んで頷いた。

「……ン、……んっ、ふ……ン……」

腰まで泉に浸《つ》かったまま、濡れた躰《からだ》を擦《こす》りつけながら唇を求め合う。

恥ずかしくて死ぬ、と毎回行為の初めに思うが、ほかのことでは偉そうにしている自分が「嫌、無理」などとヤワなことは言うのはセルフイメージに反するので、敵に後ろは見せぬ、という武将の気構えでキスを受けているうちに、徐々に自分の中のエロスイッチが入る。

「……んんっ……ぅんっ……ふ、ぁっ……」

蒸れた熱帯の空気に纏《まと》われながら夢中で口づけ合っていると、互いの熱も加わって、せっかく水を浴びたのに新たな汗がじわりと肌を濡らす。

ひんやりとした水に浸《つ》かる腰から下は冷えて心地いいはずなのに、密着した中心は熱く滾《たぎ》って溶けそうだった。

「……んっ、はっ……ふ、んぅっ……」

舌を絡ませたまま、両手で尻を摑まれてぐいぐい相手の股間《こかん》に押しつけられ、水面を揺らしながら裏筋を擦《こす》り合わせる快感にはまる。

相手の首にすがり、水の中で爪先《つまさき》立ちしながら身を揺すっていると、尻たぶを捏《こ》ねていた手が奥まった場所を暴《あば》いてくる。

「……ンッ……！」

水の中で蕾《つぼみ》をつつかれ、ビクンと震える。

思わず口の中の相手の舌を軽く嚙んでしまったが、そんな場所を感じるようにしたのは相手だから、我慢してもらう。

一昨日《おととい》も昨夜も念入りに弄《いじ》られたそこはまだやわらかく、指で表面をなぞられるだけでひくひく疼《うず》く。

「……月ヶ瀬さん……、じっくり抱きたいから、水から上がりませんか……？」

唇を離した相手に耳元で囁かれ、自分もこれ以上水の中で立っていたら膝が砕《くだ》けそうで、肩で息をしながら頷く。

しっとりと水気を含んだ苔《こけ》の絨毯《じゅうたん》の上に横たえられ、空が見えたと思った途端、覆いかぶさってきた恋人のアップで視界が塞《ふさ》がれ、すぐに唇も塞がれる。

「……ン、ンンッ、……んぅっ、ん」

キスしながら胸の尖《とが》りをいじくられ、気持ちよさに身体が勝手に跳ねる。

青山は乳首を弄《いじ》ったまま唇を離し、うっとりした目と声で言った。

「……月ヶ瀬さん、こないだ手紙に書いたこと、っていうか、書かなかったこと、してもいいですか……？」

そういえば、そんなこと言ってたな、と思い出して、

「……なに……？　もし超エロいこととか、変態的なことだったら却下だからな」

と赤い顔で釘《くぎ》を刺すと、青山は苦笑して首を振った。

「変態って、ナポレオンの手紙のパクリって言ったじゃないですか。いつもやってる普通のことです。『君の胸に口づけをひとつ。それからもう少し下に。もっとずっと下にもうひとつ』って真似して書きたかっただけです。……もしかしてもっと超エロいこと、期待してました？」

からかうような瞳に赤面してムッと口を尖らせる。

「別にしてねえし。だって期待なんかしなくても、おまえいつもそれ以上に超エロいし」

相手のムッツリ具合を非難してやったのに、やたら嬉しそうな顔で尖らせた唇にキスされる。

「よかった。じゃあちゃんと足りてるってことですよね。少なくとも物足りないわけじゃないと受け止めさせてもらいますね」

また勝手に都合よくポジティブに変換し、「じゃあ、ナポレオンのパクリで、君の胸に口づけをひとつ」と言いながらチュッと乳首に唇を落とす。

「……アッ……」

ナポレオンの真似なんて持ち出す前から青山は身体中にキスするのが好きで、乳首や性器以外の、自分にとってはそこはどうでもよくねえかと思うような場所まで隈《くま》なく崇《あが》めるように口づけてくる。

最初はフェチっぽくて若干《じゃっかん》引いたが、こいつ本当に俺のこと好きなんだな、と実感できて、ときめきながらキスされてるうちにあちこち性感帯になってしまった。

今日も左右の乳首にたっぷりキスしたあと、臍《へそ》に行くまでにさんざん寄り道して、まだ性器に辿りつかずに焦《じ》れったいほど唇を違う場所で遊ばせている。

いいから早く舐めてくれ、と頼むのはさすがに恥ずかしくて、

「……もし、おまえの唇がシャチハタみたいにスタンプになってたら、俺の身体、全身唇のマークだらけになってやべえよ。普通はもっと範囲少ないと思うぞ」

と早く肝心《かんじん》なところにキスしてほしいと暗に訴える。青山は腿《もも》の付け根から顔を上げ、また「ナイスアイディア」と言いたげな瞳で見えないスタンプマークを浮かび上がらせるかのよう

に月ヶ瀬の身体をじっくりと注視する。

ほんとにスタンプを押したいみたいな顔して妄想に浸らせるために言ったんじゃねえ、とイラッと目を眇《すが》め、月ヶ瀬は短気に身を起こしながら言った。

「おまえのチンコ舐めてやるから、俺のもやれ」

プチギレて恥もなにもなく命じ、相手を苔の上に転がして逆向きに跨《また》る。

青山の性器を口でするのは嫌いじゃないから、やりはじめたらすぐ夢中になった。

自分ばかりが愛撫に翻弄《ほんろう》されるのは癪《しゃく》だし趣味じゃないし、青山が喘《あえ》ぐ声を聞くと興奮する。

「……ぅあっ、月ヶ瀬さん……っ」

勃起《ぼっき》した性器を両手で擦り、躊躇《ちゅうちょ》なく亀頭《きとう》を咥《くわ》えて鈴口《すずぐち》に舌先をねじ込む。

長い性器は身の内に入れるととんでもなく淫猥《いんわい》な凶器になるが、自分が主導権を握って口で愛撫しているときは、大きくて素直な玩具《おもちゃ》のようで、熱心に唇と舌を使って可愛がりたくなる。

すぐに青山が下から腰を摑んで喉奥《のどおく》まで飲み込んでくれ、待ち望んだ強烈な刺激に太いものを咥えたまま呻《うめ》いてしまう。

「……ふっ、んぅっ、う、くっ、んむ……」

相手の性器を含めるところまで含んで顔を揺らし、下も強く吸いつく相手の口の中に腰を振りたてて出し入れする。

青山は性器をしゃぶりたてながら後孔《こうこう》を指で弄ってくる。指が入りそうに捏ねてから、口淫《こういん》をやめて孔《あな》に舌を這わせてきた。

「……ンッ……！」

べろべろと濡れた舌で舐め上げては舐め下ろされ、ぶるっと肌が粟立《あわだ》つ。

こんなことが気持ちいいと感じる自分に引くが、そうしたのは青山なんだから、責任を持って気持ちよくしてもらわないと、と強気で正当化して、羞恥《しゅうち》をやりすごす。それにこの羞恥に耐えたらいいことが待っている、と身体が知っている。

舐め回された後孔に指を入れられ、感じるところをぐりぐりと狙い打ちされたら、もう喘ぐのに精いっぱいで口淫を続けられなかった。

「……あっ、あ、……そこ、すご、ヤベ……んっ、ン、うぁっ……」

後ろの指を増やされて刺激され、自分の唾液塗《まみ》れの性器を握りしめて悶《もだ》える。

「……あ、青山っ、も、指い…からっ……これ、くれよ……っ」

握った性器を顔に擦《こす》りつけて口づけながらねだると、手の中のものが太さを増す。

獣《けもの》めいた呻《うめ》きを漏らして身を起こした青山に背後から突きいれられた。

「……んあぁっ……！」

四つんばいで奥まで貫《つらぬ》かれ、軽く達する。

いつもはゆっくり始まる抽挿《ちゅうそう》が、今日は最初から激しい勢いで打ち込まれる。

「……あっ、あっ、はっ、んぁっ……！」

狭い場所をこじあけるように押し込まれては抜かれ、何度も何度も感じる場所を穿《うが》たれる。

「あぁっ、青山っ、すげ、いい、……んっ、うぁっ、きもちぃっ……」

「俺もっ……、中、きゅうきゅうして……ヤバい、超イイ……っ」

激しく律動しながら乳首を引っ張られ、悲鳴を上げて手の下の苔を摑む。

荒い息で腰を使っていた青山が動きを止め、うなじに口づけながら掠《かす》れた声で言った。

「……月ヶ瀬さん……訂正してもいいですか……？　こないだ、これ以上なにもいらない、このまま時が止まってもいいって、ジャングルクルーズのときに言ったけど、いまのほうが、もっと、そんな気持ちです……」

「……」

自分もそっくり同じ気持ちだと思えたから、今度は素直に「……俺も」と囁くと、どくんと奥まで入ったものがさらに膨《ふく》らみ、急に激しく律動が再開される。

「……あぁっ、や、強すぎ、青や、んぁっ、あっ、ひぁっ……！」

「……だって、月ヶ瀬さんのデレ、不意打ちだからっ……」

意味不明の言い訳をしながら容赦《ようしゃ》なく突かれ、しまいには意識が飛ぶほど乱される。

チカチカする視界に映る赤と青と緑のサイケな世界は絶頂と同時に弾けた。

「……超腹減った……」

ピクニックデートのつもりが予定外に野外Hになだれこんでしまい、事後にもう一度泉で水浴びし直してからようやくランチにありつけた。

サイケ柄からちゃんと森と花と蝶に戻った景色を眺めながらおにぎりを食べていると、隣から青山がおずおず言った。

「あの……、一応判定を伺いたいんですけど、さっきのは月ヶ瀬さん的に、『渋々おっぱじめたけど、やってみたら最高によかったH』ランキングに入りそうでしょうか……？」

あんなのただの言い訳なんだから、わざわざ聞くんじゃねえ、と照れてブチ切れたくなったが、上目遣いで自信なさげに判定を待つ恋人が可愛かったので、月ヶ瀬は若干率直《じゃっかんそっちょく》に答えた。

「……まだランク入りするかわかんねえ。これから残りの休みと、日本に帰ってから、おまえといっぱいいろんなHしてから決める」

言ってから、しまった、俺までムッツリなことを言ってしまった、と内心動揺する。

チラ、と隣を窺うと、「月ヶ瀬さんっ」と感激したように抱きつかれ、まあムッツリ同士だからいいか、と月ヶ瀬は口角を上げて抱擁《ほうよう》を受けたままおにぎりを齧《かじ》った。

あとがき

AFTERWORD……………

―小林典雅―

こんにちは、または初めまして、小林典雅《こばやしてんが》と申します。

本作はタイトルのとおり密林を舞台にしたジャングル物です。でもターザン攻ではなく（むしろ受のほうがターザン枠《わく》なので、なんとか書き下ろしでヒロイン枠に寄せました）、テレビ番組のロケで奥地にやってきた新米ＡＤと、先住民の集落でフィールドワークをしている偏屈《へんくつ》研究者の王道ラブコメです。

今回の自分的萌えツボは、美貌なのにサバイバル能力が高くてクールだけどちょっと抜けててデレ方が変な受、ほがらかで打たれ強くて心も胃腸も丈夫なワンコ攻、そしてお約束のＨのときは潔《いさぎよ》くエロくなる受とプチ変態攻、密林の奥深くに人知れず湧く泉での野外Ｈなど、若干《じゃっかん》マニアックな好物をてんこもりにしました。すこしでもお好みに添う属性があれば幸いです。

作中にダヌワ族という架空の部族を登場させたのですが、パプアニューギニアやアマゾンの先住民の暮らしをいろいろ取り交ぜて、ラブコメ的に素《す》っ頓狂《とんきょう》なアレンジを加えました。とんでもない風習の部族ですが、なんとなく南太平洋のあの辺の島にほんとにいたりして、などと想像しながら読んでいただけたら嬉しいです。

今回ダヌワ語やティオランガ公用語のタパック語など、架空の言語を考えるのが楽しかったのですが、現実には九日にひとつの言語が地球上から失われているそうです。先住民を取り巻く状況は決して楽観的なものではないのですが、多様性を尊重しあって共存できたら、という希望や理想を込めて平和なコメディを書きました。

マンガチック設定でも細部はリアルなジャングル感を出したくて、雑誌掲載時に月ケ瀬《つきがせ》に生の幼虫を食べさせたら（ほんとに生食《なましょく》で美味《びみ》な幼虫もいるらしいんです！　食べたことないけど）、「受なのにあれはちょっと」「せめて火を通してほしかったです」というご意見を多数いただき、文庫化にあたって炒《い》ってみました（そもそも食べさせるのをやめるべきだったかも）。

今回は御作品を拝読するたびに萌え転がっているウノハナ先生に挿絵を描いていただけました。ジャングル物をお願いするのは恐縮だったのですが、ラフをいただいて、「青山《あおやま》も月ヶ瀬もどんぴしゃだ！」と小躍《こおど》りするほどイメージ通りに描いてくださり、夢のように幸せでした。ラフをくださるときに「トゥクトゥム、ＧＪ！」など、あたたかいコメントを添えてくださったこともすごく嬉しかったです。お忙しい中、眼福《がんぷく》の挿絵を本当にありがとうございました。

ずっと「どなたかひとりでも楽しい気分になってもらえたら」という思いで書き続けてきて、今年で十五年になります。もうそんなになるんだ、と自分でもびっくりなのですが、ひとえに応援してくださる皆様のおかげです。これからもビタミンＢＬを好んでくださる方がいる限り頑張りたいです。よかったらご感想などいただけたら幸せです。またお目にかかれますように。

この本を読んでのご意見、ご感想などをお寄せください。
小林典雅先生・ウノハナ先生へのはげましのおたよりもお待ちしております。

〒113-0024　東京都文京区西片2-19-18　新書館
[編集部へのご意見・ご感想] ディアプラス編集部「密林の彼」係
[先生方へのおたより] ディアプラス編集部気付　○○先生

- 初出 -
密林の彼：小説DEAR+18年フユ号（vol.68）
まだ密林の彼：書き下ろし

[みつりんのかれ]
密林の彼
著者：小林典雅　こばやし・てんが

初版発行：2019年1月25日

発行所：株式会社 新書館
[編集] 〒113-0024
東京都文京区西片2-19-18　電話（03）3811-2631
[営業] 〒174-0043
東京都板橋区坂下1-22-14　電話（03）5970-3840
[URL] https://www.shinshokan.co.jp/

印刷・製本：株式会社光邦

ISBN978-4-403-52475-2